प्रकृति की गोद में माँ की पाठशाला

लेखक की पुस्तकें

कृतघ्न
वाह जिंदगी!
मूल्य आधारित शिक्षा
VALUE BASED EDUCATION
भारत
मानवता के प्रणेता महर्षि अरविंद
कोरोनाकाल
जिंदगी
माँ की पाठशाला
एक जंग लड़ते हुए
प्रतिज्ञा
केदारनाथ आपदा
भागोंवाली
अपना पराया
महाकुंभ
सृजन के बीज
परीक्षा लेती जिंदगी
अँधेरा जा रहा है
जीवनपथे
त्वमपि मया सह चल
मॉरीशस
एक दिन नेपाल में
खुशियों का देश भूटान
इंडोनेशिया
युगांडा
बेल्जियम
थाईलैंड
मेरी यूनेस्को यात्रा
जापान
ऑस्ट्रिया
फ्रांस
यूक्रेन
RAMESH POKHRIYAL 'NISHANK'
The Ungrateful
THE DARKNESS IS VANISHING
THE SEEDS OF CREATION
LIFE TRIALS
THE INFINITE

प्रकृति की गोद में माँ की पाठशाला

रमेश पोखरियाल 'निशंक'

प्रकाशक • **प्रभात प्रकाशन प्रा. लि.**
4/19 आसफ अली रोड,
नई दिल्ली–110002

संस्करण • 2025
मूल्य • चार सौ रुपए
मुद्रक • आर–टेक ऑफसेट प्रिंटर्स, दिल्ली

PRAKRITI KI GOD MEIN MAA KI PAATHSHALA
poems by Shri Ramesh Pokhriyal 'Nishank' ₹ 400.00
Published by Prabhat Prakashan Pvt. Ltd., 4/19 Asaf Ali Road, New Delhi-2
e-mail: prabhatbooks@gmail.com ISBN 978-93-90923-84-7

'स्मृति काव्य' की बेजोड़ निधि हैं ये कविताएँ

देवभूमि के यशस्वी अक्षर-साधक कवि श्री रमेश पोखरियाल 'निशंक' की विश्वव्यापी 'कोरोना-काल' में रची गई कविताओं का संग्रह 'मेरा बचपन और माँ की पाठशाला' कवि की ऐसी अनूठी कविताओं का संग्रह है, जो हिंदी की 'स्मृति-काव्य-परंपरा' की बेजोड़ कृति कही जा सकती है।

संसार में हर व्यक्ति 'बच्चे' के रूप में ही जन्म लेता है और माँ की गोद में पलते-पलते ही 'बचपन' से शैशव और जवानी की गलियों को पार करके 'पचपन' तक पहुँचकर सबसे अधिक जिसे याद करता है, वह है उसका पीछे छूट गया 'बचपन' और उस बचपन को अपनी ममता के आँचल से बचानेवाली माँ का दुलार!

सारी दुनिया की दौलत कमाकर भी व्यक्ति पीछे कहीं बहुत दूर छूट गए अपने 'बचपन' और 'माँ के ममता भरे आँचल' को दोबारा प्राप्त नहीं कर पाता और तब इन दोनों को वह अपनी 'यादों' में 'कल्पना के रथ' पर बिठाकर साकार करता है।

यादों को कल्पनाओं में सजा-सँवारकर 'अक्षर' बनानेवाले कवि निश्चय ही संसार में बहुत कम होते हैं। हिंदी में महाप्राण सूर्यकांत त्रिपाठी 'निराला' ने 'सरोज-स्मृति' की रचना करके अपनी दिवंगत सुपुत्री सरोज की 'स्मृति' को अमृत कर दिया है, महाकवि जयशंकर प्रसाद ने 'आँसू' काव्य रचकर अपनी 'स्मृति' को अक्षर बना दिया है।

और अब, देवभूमि के शब्द-शिल्पी श्री 'निशंक' ने अपनी स्मृतियों में

रचे-बसे अपने 'बचपन' के साथ ही 'माँ की पाठशाला' से मिले जीवन-मूल्य रूपी अमूल्य भाव-रत्नों को शब्दों के माध्यम से अमरत्व प्रदान किया है।

मेरी विनम्र सम्मति में महाप्राण पं. सूर्यकांत त्रिपाठी 'निराला' द्वारा प्रणीत 'सरोज-स्मृति' और महाकवि जयशंकर प्रसाद द्वारा रचित 'आँसू' मूलतः 'शोक-काव्य' कहे जाते हैं, जबकि कविवर श्री रमेश पोखरियाल 'निशंक' द्वारा रचित 'प्रकृति की गोद में माँ की पाठशाला' में संगृहीत कविताएँ विशुद्ध रूप में 'स्मृति-काव्य' हैं, जिनमें कवि 'निशंक' ने एक ओर अपने बचपन की इंद्रधनुषी स्मृतियों को उकेरा है, तो दूसरी ओर माँ से मिले बहुमूल्य जीवन-मूल्यों को अमृत बनाकर 'माँ की स्मृतियों' को भी संजीवनी प्रदान की है।

हिंदी साहित्य में ही कथाकार कवि नागार्जुन ने भी अपने गाँव 'तरौनी' को याद करते हुए लिखा है—

'याद आता है
मुझको
अपना तरौनी ग्राम;
याद आती लीचियाँ
और आम।'

बाबा नागार्जुन की इन पंक्तियों में अत्यंत सूक्ष्म संकेतों में उनके 'तरौनी ग्राम' की स्मृति अवश्य बँध गई हैं, लेकिन उत्तराखंड के गौरव-कवि श्री रमेश पोखरियाल 'निशंक' की 'कोरोना-काल' में रची गई 'प्रकृति की गोद में माँ की पाठशाला' कविता-संग्रह की कविताओं में तो उनके 'बचपन' की लगभग हर 'स्मृति के साथ' माँ के वात्सल्य का अमृत पाठकों को मिलेगा, जो सहज ही प्रत्येक पाठक के हृदय को झकझोरकर रख देगा।

श्री 'निशंक' की इन 'स्मृति-कविताओं' में पहाड़ की धड़कन को महसूस किया जा सकता है। पर्वतीय लोक-जीवन, लोक-संस्कृति और संवेदनाओं से महकती हुई श्री 'निशंक' की ये कविताएँ पर्वतीय-समाज की अदम्य जिजीविषा का निर्मल दर्पण कही जा सकती हैं।

मैं तो निश्चयपूर्वक और गर्व के साथ कह सकता हूँ कि विश्वव्यापी 'कोरोना महामारी' की भयंकर विभीषिका में कवि 'निशंक' ने इन रचनाओं के

रूप में 'स्मृति-काव्य' का अनुपम उपहार हिंदी-जगत् को दिया है।

देवभूमि की पावन स्मृतियों को अपनी कविताओं में साकार करनेवाले कवि श्री 'निशंक' की भावनाओं में 'पर्वतीय जीवन और परिवेश' आपको शब्दश: जीवंत मिलेगा। श्री 'निशंक' अपनी 'मेरी अभिलाषा' कविता में लिखते हैं—

'यदि मिले मुझे पुनर्जन्म तो,
चाहूँगा कि हिमालय की गोदी हर बार हो
मेरा पहला स्पर्श पड़े उस मिट्टी पर
जिसमें रचा-बसा प्रकृति का प्यार हो।'

और इसी कविता के अंत में कवि 'निशंक' देवभूमि से प्राप्त उच्चतम संस्कार को वाणी देते हुए अपनी 'अभिलाषा' इन शब्दों में व्यक्त करते हैं—

'मेरा जीवन हो कुछ ऐसा जिसमें,
परहित समर्पण का सार हो;
और इतने सार्थक जीवन के लिए
प्रतिक्षण ईश्वर का मन में आभार हो।'

उक्त पंक्तियों में कवि 'निशंक' का सारस्वत-चिंतन और जीवन-दर्शन ध्वनित हो उठा है।

'स्मृति-काव्य' का सुंदर निदर्शन कराती इस संग्रह की कविता 'मुझे याद आ रहा' की आरंभिक पंक्तियाँ ही इस संग्रह की रचनाओं का परिचय पाठकों से करा देती हैं। कवि श्री 'निशंक' लिखते हैं—

'हरे-भरे पहाड़ों में
मेरा गाँव प्यारा सा
मुझे याद आ रहा है,
पल-पल सता रहा है।
मेरे गाँव में बसा
यादों का इक घरौंदा
मुझे याद आ रहा है,
पल-पल सता रहा है।
आँखों में बसा मेरी, साँसों में है समाया,

आँगन मेरा जहाँ पर, बचपन मैंने बिताया।
रहती जहाँ थी माँ
और माँ का लाड़ला
मुझे याद आ रहा है,
पल-पल रिझा रहा है।'

महानगर 'देहरादून', 'लखनऊ' और अब 'दिल्ली' के चकाचौंध भरे जीवन के बीच कवि 'निशंक' की रची हुई यह कविता तथा उनके इस संग्रह 'प्रकृति की गोद में माँ की पाठशाला' की अन्य कविताएँ निस्संदेह हिंदी-काव्य को 'स्मृति-काव्य' के रूप में अनूठा उपहार ही कही जा सकती हैं।

देवभूमि के उच्चतम शाश्वत संस्कार कवि श्री 'निशंक' को अपनी पूज्या माँ की 'पाठशाला' से ही मिले हैं, जिनसे उनका जीवन 'कर्मशीलता' और 'परदुःखकातरता' का पर्यायवाची बन गया है।

इस संग्रह की कविता 'माँ की दुनिया' पढ़ते-पढ़ते मेरी आँखें डबडबाती रही हैं, तो सोचता हूँ कि कवि श्री 'निशंक' की आँखों से कितना गंगाजल बहा होगा? इस कविता में 'माँ' जीवंत हो उठी है—

'माँ!
तब का तो नहीं मालूम मुझे,
लेकिन आज महसूस करता हूँ मैं कि
तुम्हारे हाथों की कोमलता
हमें मजबूत बनाते हुए खुरदुरी हो गई।
हाथों में भाग्य की लकीरें तो दिखी नहीं,
लेकिन घास, दराँती और
खेतों की मिट्टी से आड़ी-तिरछी
कई-कई लकीरें बन गईं तुम्हारे हाथों में।
माँ!
आज तुम नहीं होकर भी हमेशा
मेरे आसपास ही रहती हो,
मेरी कहानियों में, मेरे गीतों में
और कविता में गंगा सी बहती हो।'

ऐसी ही अनेक स्मृति–कविताओं से परिपूर्ण कवि 'निशंक' का यह 'स्मृति–काव्य' हिंदी काव्य जगत् की शोभा को बहुगुणित करेगा, इसी विश्वास के साथ सुधी पाठकों को सादर सौंप रहा हूँ।

—डॉ. योगेंद्र नाथ शर्मा 'अरुण'

सदस्य कार्य परिषद्
महात्मा गांधी अंतरराष्ट्रीय हिंदी वि.वि.
74/3, न्यू नेहरू नगर
रुड़की–247667

मकर–संक्रांति, 2021
महाकुंभ का प्रथम स्नान

अपनी बात

'माँ!'

यह शब्द मन-मस्तिष्क में आते ही हृदय में एक सुखद अनुभूति का अहसास होता है, समस्त शब्दकोशों में यह एकमात्र ऐसा शब्द है, जिसको परिभाषित करना सरल नहीं है। इसे शब्दों और वाक्यों की सीमा में बाँधना और उपमाओं में व्यक्त करना संभव ही नहीं है। इस एकमात्र शब्द में संपूर्ण ब्रह्मांड की उत्पत्ति का सार समाया हुआ है।

भारतीय संस्कृति में माँ और जन्मभूमि का स्थान स्वर्ग से भी ऊपर बताया गया है—'जननी, जन्मभूमिश्च स्वर्गादपि गरीयसी', 'माता गुरुत्तरा भूमेरु।' अर्थात् माता भूमि से भी अधिक भारी होती है तथा 'मातृ देवो भवः' अर्थात् माता का स्थान देवताओं से भी ऊपर होता है।

संसार के हर प्राणी के जीवन में 'माँ' ही उसकी पहली 'गुरु' होती है। मनुष्य हो, पशु-पक्षी हो, माँ ही उनके जीवन में संस्कृति और संस्कारों तथा अनुशासन का बीजारोपण करती है तथा उन्हें सद्चरित्र, स्वावलंबी और आत्मनिर्भर बनाने का मार्ग प्रशस्त करती है। 'माँ' के अंदर अनंत और असीमित शक्तियाँ होती हैं, इसलिए उसे ईश्वरीय शक्ति का प्रतिरूप माना गया है।

माँ समस्त विश्व को प्रेम से अपने आँचल में आश्रय प्रदान करनेवाली वात्सल्य भावना और उदारता की प्रतीक है। ठीक इसी तरह 'प्रकृति' भी माता की तरह ही अपने सभी पुत्रों को अपने आँचल में संरक्षण, संवर्धन और पोषण प्रदान करती है।

हर व्यक्ति की तरह मेरा बचपन भी माँ के ही सान्निध्य में बीता। अपनी माँ से ही मैंने जीवन का पाठ पढ़ा, जीवन का मर्म जाना और जीवन का दर्शन समझा। माँ निपट अनपढ़ थी, किंतु ज्ञान, संस्कार और जीवन के दर्शन का उसके पास अथाह भंडार था। वह जीती-जागती गीता थी और बोलती व चलती-फिरती रामायण। जीवन के इस पड़ाव में आज भी माँ का कहा एक-एक वाक्य, एक-एक शब्द मुझे याद है। माँ का गहरा प्रभाव मेरे जीवन में है और सदा रहेगा।

यूँ तो माँ मुझे हमेशा ही याद आती है, हर क्षण याद आती है। जब कभी मन उदास होता है, जब कभी जीवन में कठिनाइयाँ और संकट सामने आते हैं तो माँ की ही याद आती है; और माँ के स्मरण मात्र से ही मुझे कठिनाइयों व संकटों से संघर्ष करने का संबल मिलता है, साथ ही मन और मस्तिष्क में नवऊर्जा का संचार भी होता है।

24 मार्च, 2020 को विश्वव्यापी कोरोना महामारी के चलते जब संपूर्ण भारत में लॉकडाउन की घोषणा हो गई तो ऐसा लगा, मानो पूरा देश ही थम गया हो। इस भयंकर व्याधि का कोई भी इलाज विश्व भर के डॉक्टरों के पास नहीं था, इसलिए लॉकडाउन के अलावा अन्य कोई भी विकल्प नहीं था।

इस मुश्किल समय में बीमारी से बचने के लिए डॉक्टरों द्वारा जो उपाय सुझाए जा रहे थे, उसके लिए सरकार द्वारा गाइडलाइन जारी की जा रही थीं। मुझे स्मरण है कि यही सब बातें तो माँ भी हमें सिखाया और समझाया करती थी। ये तो हमारे बचपन में हमारे जीवन का हिस्सा हुआ करती थीं।

यह समय मेरे लिए भी अत्यंत संवेदनशील समय था। ऐसे समय, जबकि देश में स्कूल-कॉलेजों की परीक्षाएँ हो रही थीं और कुछ की होनी बाकी थीं, तो तमाम स्कूल-कॉलेज बंद हो गए। मेरा उत्तरदायित्व भी बढ़ गया था तो उसी के साथ दिनचर्या में भी स्वतः ही बदलाव आ गया था। ऐसे में मैंने डिजिटल और सोशल मीडिया तथा वर्चुअल बैठकों के माध्यम से समय-समय पर छात्रों, अभिभावकों और शिक्षकों से संवाद स्थापित किया। दिनचर्या पूर्व की तरह ही व्यस्त थी, किंतु देश-विदेशों में बैठकों, भ्रमण और

प्रवास के दौरान जो समय गुजरता था, वह समय जरूर मेरे हिस्से में मेरे लेखन को मिला।

दिन भर के समाचारों को सुनकर मन व्यथित हो उठता था। रोज की तरह दिन भर की अपनी दिनचर्या और कोरोना महामारी के चलते चारों ओर से आ रही निराश कर देनेवाली घटनाओं को जब मैं रात्रि में अपनी डायरी में नोट करता तो फिर यकायक माँ का स्मरण हो आता। माँ प्रकृति की गोद में ही हमें प्रकृति का हर पाठ पढ़ाया करती थी, जिसका हम अपनी भाग-दौड़ भरी जिंदगी में अकसर अनुकरण और पुनरावृत्ति करने से चूक जाते हैं। मन में आया कि सिर्फ प्रकृति ही है, जो इस समय हमारे तन और मन को शांति प्रदान कर सकती है।

मेरा बचपन प्रकृति और माँ के सान्निध्य में गुजरा। मैं प्रकृति की गोद में ही जनमा, पला और बढ़ा, इसलिए प्रकृति से मेरे बचपन का अभिन्न रिश्ता रहा। मेरे मन में मेरा गाँव, गाड़-गधेरे, सघन वन, बर्फीली पहाड़ियाँ, सीढ़ीनुमा खेत और इस सबके बीच हमें सीख और संस्कार देती माँ की यादें कौंधने लगीं। यकीनन प्रकृति और 'माँ' के अहसास ने मेरे भीतर व्याप्त नैराश्य भाव को समाप्त किया तथा मुझे प्रकृति के मध्य माँ और माँ की सीख पर लिखने के लिए प्रेरित किया।

मुझे लगता है कि हम सभी को जब भी निराशा और हताशा अपने आवरण में लेकर समेटने का प्रयास करती है तो 'प्रकृति' अपनी उपस्थिति से प्रेरणा प्रदान करती है और मनुष्य के भीतर सृजनता का बीज अंकुरित करती है, ताकि मानव गिरकर फिर खड़ा उठ सके और विध्वंस के पश्चात् पुनः सृजन की ओर उन्मुख हो सके। प्रकृति के साथ ही यही कुछ तो होता आया है। न जाने कितनी बार आपदाओं ने प्रकृति को झुलसाया, प्रलय का तांडव मचाया। पहाड़ों का टूटना, मैदानों का डूबना और भूकंप के रूप में जगह-जगह इस प्रकार के प्रहारों से प्रकृति न जाने कितनी बार घायल हुई है, किंतु बावजूद इसके प्रकृति टूटती कभी नहीं है, बल्कि पुनः अपने नवनिर्माण में जुट जाती है।

आज की परिस्थितियाँ भी कुछ ऐसी ही हैं। इस विपरीत समय में कोरोना महामारी के चलते जहाँ संपूर्ण विश्व के मानव अपने घरों में कैद हो गए और हर तरफ निराशा व भय का वातावरण बना हुआ है, ऐसे में हताशा और निराशाजनित कुंठा से बचने के लिए निश्चित रूप से हमें प्रकृति और माँ से ही ऊर्जा मिलेगी। इसलिए मेरे मन में आया कि क्यों न इस समय का सदुपयोग करते हुए, प्रकृति और माँ की अनमोल एवं अविस्मरणीय सीख को शब्दबद्ध कर जीवन में नवसंचार कराने का एक प्रयास करूँ, ताकि जहाँ एक ओर माँ की पाठशाला में जीवन की 'प्रथम गुरु' अपनी माँ के जीवन-दर्शन से जो भी सीखा, उसे सहेज सकूँ और दूसरी ओर निराश कर देनेवाले ऐसे समय में प्रकृति के माध्यम से आशान्वित विचारों का संचार करने का प्रयास भी कर सकूँ।

इस काव्यांजलि में मैंने माँ की हर सीख, गाँव के संस्कार, रीति-रिवाज और प्रकृति के अलौकिक नैसर्गिक सौंदर्य को समेटने का प्रयास किया है। उम्मीद है कि जिस हेतु इस पुस्तक को लिखने का विचार मेरे मन में आया, वह निश्चित रूप से पाठकों के हृदय में उतरेगा और उमंग-उल्लास से भरी प्रकृति की गोद में माँ का अहसास अलौकिक सुख की प्राप्ति कराएगा।

—रमेश पोखरियाल 'निशंक'
37/1 विजय कॉलोनी,
रवींद्रनाथ टैगोर मार्ग
देहरादून (उत्तराखंड)

अनुक्रम

मुझे याद आ रहा

हरे-भरे पहाड़ों में
मेरा गाँव प्यारा सा
मुझे याद आ रहा है,
पल-पल सता रहा है।

मेरे गाँव में बसा
यादों का इक घरौंदा
मुझे याद आ रहा है,
पल-पल सता रहा है।

आँखों में बसा मेरी, साँसों में है समाया
आँगन मेरा जहाँ पर, बचपन मैंने है बिताया।
रहती जहाँ थी माँ
और माँ का लाड़ला
मुझे याद आ रहा है,
पल-पल रिझा रहा है।
कागज के एक जहाज ने मचाया शोर था,
इक छोर पे दुनिया खड़ी मैं दूजी ओर था।

दुनिया के ताने और
मुझे माँ का डाँटना
सब याद आ रहा है,
पल-पल रूसा रहा।
काँधे पे बिठा के मुझको चढ़ी थी चढ़ाई
भरसार लाके सीख यह, पिता ने थी सिखाई।
बनना अगर बड़ा है
तो बाग सा बनो तुम,
यह हमेशा याद आ रहा,
पल-पल बढ़ा रहा।

कभी भूल न सकूँगा
कष्टों में जो भी पाया,
बाधाओं ने ही मुझको
बढ़ना है नित सिखाया।

पथरीली राहों पर संघर्ष जीने का
मुझे याद आ रहा,
पल-पल चेता रहा।
हरे-भरे पहाड़ों में¨।

23.11.2017
□

रास्ते की ठोकर

माँ तू मेरे जीवन में
अहसासों की शीतल छाया है,
तेरे आँचल की खुशबू में
अपना बचपन मैंने महकाया है।

माँ याद मुझे है जब
ठोकर खाकर मैं कुम्हला जाता था,
मैं रुँधे स्वर में सिसककर जब तुझको
पैरों की चोट दिखाता था।

तेरे हाथों के मरहम की
शीतलता मुझको मिलती थी,
पल भर में चुभती पीड़ा भी
जाने किस लोक निकलती थी।

अपनी गोदी में थपकी दे-देकर
फिर तुम मुझको सहलाती थी,
राहों में सँभलकर कैसे चलना है
यह बात मुझे समझाती थी।

सुन माँ! जीवन की राहों में
जब भी कोई ठोकर खाई है,
उस वक्त तेरी उन बातों से
राहत सी मैंने पाई है।
सच कहूँ माँ!
तब याद बहुत तू आई है।

09.9.2020

□

अनमोल पल

माँ! तेरे संग जो बिताया समय था
वो भूले से भी भूल पाता नहीं हूँ,
अनमोल यादें बसीं मेरे मन में
जिन्हें किसी से मैं कह पाता नहीं हूँ।

माँ हर सुबह मैं
तुम्हें याद करता हूँ,
पड़ती थी जो डाँट तुमसे
याद कर अब भी डरता हूँ!
लगता है कि तुम सामने हो मेरे बैठी
मुझे पल में अपनी तू गोदी में लेती।

माँ तेरे अहसास का है घरौंदा
मैं इससे कभी दूर जाता नहीं हूँ,
अनमोल यादें बसीं मेरे मन में
जिन्हें किसी से मैं कह पाता नहीं हूँ।

वीरान पथरीले उन रास्तों में
अकेले तू हम सबको जब सींचती थी,

दिन–रात खपकर जीवन की रेखा
कोरी हथेली पे खुद खींचती थी।

हँसते–हँसाते दुःखों में निखरना
तेरी सीख यह भूल पाता नहीं हूँ,
अनमोल यादें बसी मेरे मन में
जिन्हें किसी से मैं कह पाता नहीं हूँ।

11.9.2020

□

हृदय में गाँव का स्पंदन

तुम कहते हो अकसर
कि गाँव की याद भी आती है।
छोड़ आए उसे बरसों पहले
क्या यह बात कभी सताती है ?

तुम्हारे ऐसे प्रश्नों को
मैं हमेशा टालता रहा,
गाँव के प्रति अपनी आकुलता को
अपने हृदय में दबाता रहा।

अब जब तुमने ठान ही ली
तो सुनो,
        मैं कभी भी एक पल के लिए
        अपने गाँव से जुदा न हुआ,
        कोई दिवस ऐसा न गुजरा
        जिस दिन मुझे उसका अहसास न हुआ।

सभी की तरह मैंने भी
खुशी से गाँव नहीं छोड़ा,

मेरी गरीबी और उस पर पढ़ने और बढ़ने की जिद ने
मुझे शहरों की ओर मोड़ा।

मेरे मित्र!
मैं केवल शरीर से ही शहरों में
इधर–उधर भटकता रहा,
लेकिन मेरा मन तो हर पल मेरे गाँव की
मिट्टी में ही रमा रहा।

गंगा के शांत तट पर
घंटों बैठकर अपनी स्मृतियों को सीता रहा,
शहर में रहते हुए भी मैं
अपने गाँव को हर पल जीता रहा।

तुम ही बताओ!
कैसे भूल सकता हूँ उस धरती को
जिसे मैं अपनी मातृभूमि कहता हूँ?
शहरों की इन ऊँची इमारतों के भीतर भी
मैं तो हर पल अपने गाँव ही रहता हूँ।

कैसे भूल जाऊँगा मैं उन उतरते–चढ़ते रास्तों को
जिन्होंने मुझे शिक्षा की मंजिल तक पहुँचाया है,
उन्हीं पथरीले रास्तों पर चलते हुए
नंगे पैरों पर पड़ते छालों ने ही
मुझे चलना सिखाया है।

तुम ही बताओ,
क्या भूल जाऊँगा मैं कागज के उस जहाज को

जिसने मुझे जहाजों से ऊँचा उड़ना सिखाया?
भरसार की उस खड़ी सुनसान चढ़ाई को
जिसने मुझे मेरे पिता का त्याग समझाया।

और,

अल्हड़ यारों की वो मस्तियाँ
जो ककड़ी चुराकर
जंग जीतने का भाव लाते थे,
माँ को मालूम पड़ने पर
हम खूब मार खाते थे।

कहो न,

कोई भूल जाएगा यूँ ही
गाय-बछियों को बाघ के मुँह से बचा लाना!
काफल, बुरांश, हिंसर, किरमोड़ को बीनकर
टोकरियों पर सजाकर लाना।

तुम्हें मालूम है मित्र!

आज भी सिहर उठता हूँ मैं
उस घनेरी शाम की आहट को स्मरण कर
जब कुछ अदृश्य सा मेरे पीछे चल दिया था,
और मैंने दौड़ते-भागते घने जंगल को पार कर
खुद को बचा लिया था।

और,

चीड़ के तख्तों और लकड़ी के टायरों की वो गाड़ी
जिसमें बैठकर हम जिंदगी को

जोखिमों के हवाले किया करते थे,
कभी घुटनों पर तो कभी माथे पर
गहरी चोट भी पाया करते थे।

मैं रोज अपने गाँव में ही जीता हूँ
इसलिए हर बात याद है अपने गाँव की,
और तुम कहते हो कि आती है
याद तुम्हें अपने गाँव की ?

20.5.2020

□

माँ की दुनिया

माँ!

रोज सुबह तारों की छाँव में उठकर
तुम घर के कामों में जुट जाया करती थी,
उठते ही सबसे पहले मुझे
प्यार से सहलाया करती थी।

तुम्हारी खुरदुरी उँगलियाँ
जब मेरे चेहरे पर रगड़ती थीं,
तो मेरी नींद यकायक ही
खुल जाया करती थी।

माँ!

तब का तो नहीं मालूम मुझे
लेकिन आज महसूस करता हूँ मैं कि
तुम्हारे हाथों की कोमलता
हमें मजबूत बनाते हुए
खुरदुरी हो गई।

हाथों में भाग्य की लकीरें तो दिखी नहीं
लेकिन घास, लकड़ी, कुदाल, दरांती और
खेतों की खुरदुरी मिट्टी से
आड़ी-तिरछी लकीरें बन गईं।

इन हाथों से आती मिट्टी की सौंधी खुशबू
तुम्हारे दिन भर का किया श्रम बताती थी,
माँ! याद है मुझे, जब तुम हमको खिलाकर
खुद भूखे पेट ही सो जाती थी।

रसोई लेपना, गाय दुहना,
पत्थर के पाटों के बीच मडुवा पीसना,
ओखल में धान कूटना और दूर धारे[1] से
दिन भर का पानी भर लाना।

यह सब सूर्य की दस्तक से पहले
तुम रोज ही तो निबटाती थी,
सूरज की पहली किरण के संग
तुम घास-लकड़ी के लिए जंगल जाती थी।

मुझे याद है कि
कैसे तुम गाय-बछियों के लिए
अपनी जान जोखिम में डालती थी,
जिस जगह खड़ा होना भी हो दूभर
वहाँ से काटकर घास लाती थी।

---

1. दूर स्थित जल-स्रोत

उन खौफनाक जगहों पर
अपने मवेशियों की खातिर
न-जाने कितनी माँओं ने
शहादत दी है।
लेकिन जिंदगी के संघर्ष ने
फिर उसी जगह जाने की इजाजत दी।

तुम्हें जंगली पशुओं का खौफ नहीं था,
ढालदार पहाड़ी के
जोखिम भरे रास्तों की चिंता नहीं थी,
तुम पुरुषार्थी थी, इसलिए
तुम्हें जिंदगी ने निर्भीक और निडर बना दिया
जिसके कारण तुम्हें मौत की भी कोई परवाह नहीं थी।

स्त्री होने पर भी जब तुम खेतों में हल चलाकर
परंपराओं के विपरीत चलती थी,
मजबूरी को पुरुषार्थ में बदलकर तुमने
रूढ़िवादी विचारधारा बदल दी थी।

तुम्हारे सख्त मिजाज
और कड़क स्वभाव के साथ
जब मेरा जिद्दी और हठी मन
कुछ कहता था,
तो बहुत देर तक दोनों में
अंतर्द्वंद्व चलता रहता था।

मेरा हठ तुम्हारे स्वभाव से परास्त होकर
गाय–बछियों के संग चल पड़ता था,
भारी बर्फ में स्कूल जाने के लिए
मैं तुमसे फिर लड़ पड़ता था।

माँ!

तार–तार हुई अपनी धोती के पल्लू में
जब मुझे छुपाकर सहलाती थी,
तो तुम्हारे लिए नई धोती लेने की बात
मेरे मन में आती थी।

माँ!

आज तुम नहीं होकर भी हमेशा
मेरे आसपास ही रहती हो,
मेरी कहानियों में, मेरे गीतों में
और कविता में गंगा सी बहती हो।

मेरी कई कहानियों के शुरू से अंत तक
तुम्हारा प्रतिबिंब मुझे दिखाई दिया है,
तुम्हारे जीवन का जुझारू संगीत मुझे
हमेशा मेरे गीतों में सुनाई दिया है।

माँ!

आज भी अकेले में तुम्हें
याद करता हूँ तो
तुम्हारे मिट्टी–गोबर से सने हाथ और
सिर पर रखे पल्लू के कोने को

दाँतों से दबाकर हँसती हुई तुमको
आज भी महसूस करता हूँ तो
यकायक तुम्हारे आँचल में
कुहुक उठता है मेरा बचपन।

25.5.2020

□

ढलती काया की कहानी

उस दिन भाभर से सामान ढोता
पहाड़ी चढ़ता
झुके कंधों और लड़खड़ाकर बढ़ता
बूढ़ा शरीर हमें रास्ते में मिला।

उम्र ढलने पर सीमित हो गई
श्वासों को गिन-गिनके भरता रहा,
माथे पर पसीने की छलकती चमक से
उनका चेहरा था दमक रहा।

माँ झट से बोली,
'जा दादाजी का बोझा उठा',
मैं घूरकर माँ को देखने लगा
मेरा अनमना मन देख माँ ने जो कहा
वो अंतस में सदा के लिए जिंदा हो गया।

माँ कहने लगी—
        उनके पास जाओ
        अपनत्व का हाथ बढ़ाओ,

आँखों में श्रद्धा और होंठों पर मुसकान लेकर
उनके लड़खड़ाते कदमों का सहारा बन जाओ।

काँधे का बोझ हलका कर
उनके कदमों के साथ
अपने कदम बढ़ाओ
ये शरीर सिर्फ हाड़-मांस से बूढ़ा हुआ है,
इनके मन में तो बच्चों सा
कौतूहल भरा है।

यह वो शरीर है जिसने
बचपन निपट अभावों में बिताया,
खेत-खलिहानों ने और गरीबी ने
इन्हें उम्र से पहले ही बूढ़ा बनाया।

इनकी युवावस्था में ही जिम्मेदारियों का बोझ
इनके काँधों पर आ गया,
इन्हीं को निभाते-निभाते इनकी
जवानी पर बुढ़ापा छा गया।

बच्चों की परवरिश में कोई
कमी नहीं छोड़ी,
कुछ नई सोच विकसित की
कुछ दकियानूसी परंपराएँ तोड़ीं।

ये वो हाथ हैं जिन्होंने
पहाड़ों को चीरकर रास्ते बनाए हैं,
लहूलुहान कटते-फटते पैरों की

परवाह किए बिना
आनेवाली पीढ़ी के लिए
रास्तों में फूल बिछाए हैं।

ये वो शरीर है, जिसके खून-पसीने से
खेत महका करते थे,
लौकी-ककड़ी-मुंगरी-गुदड़ी झालों में
पनधारी की तरह टपकते हैं।

इनके मेहनतकश हाथों ने
न-जाने कितने घरों को बनाया है,
कड़ी-तख्ता पीठ पर लादकर
एक-एक पत्थर खुद
दीवार पर सजाया है।

तो क्या हुआ,
आज उम्र की नियति के कारण
यह शरीर घर के कुछ ही हिस्सों में
स्थिर हो गया,
जिंदगी के थपेड़े खाते-खाते
यह बूढ़ा हो गया।

मेरी मानो,
तुम रोज एक घड़ी
उनके पास बैठ जाया करो,
उनके मन के भीतर छिपे सुप्त बचपन
के साथ खिलखिलाया करो।
पूछो उनसे,

कि कैसे एक ही दिन में
वे पहाड़-के-पहाड़ लाँघ जाया करते थे,
कैसे जंगली जानवरों से लड़कर
घर आया करते थे।

थोड़ा गुदगुदा दो उन्हें
ये पूछकर कि कैसे
रंगमंचों पर अपने अभिनय से
लोगों को लोट-पोट कर देते थे।

फिर देखना,
उनके निस्तेज पड़े चेहरे की
झुर्रियाँ भी खिलखिलाएँगी,
हँसी-ठहाकों के साथ
उनकी आँखें भी मुसकराएँगी।

इसलिए,
हमेशा उस ढलते शरीर के
युवा उत्साहित मन को
बचपन की सैर कराना,
सारे जहान की खुशियों को
उनके चरणों में बिछाना…।

फिर देखना
बच्चों सा कोमल ये मन
बस इतना पाकर ही खुश हो जाएगा,
तुम पर अपने स्नेह और
आशीष की बूँदें सदा बरसाएगा।

बड़े–बुजुर्गों की छाया
नसीब वालों को ही मिला करती है,
इनके रूप में ईश्वर की
असीम कृपा रहा करती है।

26.5.2020

□

मेरे गाँव में मेरा घर

आओ तुम्हें अपने गाँव में
अपना घर दिखाऊँ;
अपने घर की खूबसूरती
आज तुम्हें बताऊँ।

ये घर केवल इनसानों का
आश्रय नहीं है,
प्रकृति के कुछ अन्य सदस्यों का
ठौर भी यहीं है।

आओ,
सबसे पहले घर की 'खोली'[1] चढ़ते हैं,
लकड़ी पर खूबसूरत नक्काशी किए
इस चौखट पर श्रीगणेश सजते हैं।
हाँ!
शीश झुकाकर मेरे घर में प्रवेश करना
धीरे-धीरे फिर सीढ़ी चढ़ना,
इसी खोली पर विराजे हैं भगवान् मेरे
जो यहीं से करते हैं, पूरे भवन की रक्षा शाम-सवेरे।

---

1. काष्ठ से बना नक्काशीदार मुख्य द्वार, जिसके शीर्ष पर गणेश उत्कीर्ण किए जाते हैं

सीढ़ी चढ़ते ही
खुला–खुला सा बरामदा आता है,
जहाँ अकसर अतिथियों का
हृदय से स्वागत होता है।

बाहर छज्जे में कोने पर वो जगह है न
वहाँ घर के बुजुर्ग बैठकर
हुक्का गुड़गुड़ाया करते हैं,
और तकली हाथों में घुमाते ऊन भी काता करते हैं।

इसी छज्जे के ऊपर
पठाली की ओटों पर
गौरैया का परिवार रहता है,
तिनके–तिनके से बने घोंसले में
उसका संसार रहता है।

इस छज्जे पर ये चार स्तंभ
खूबसूरत बारीक नक्काशीदार 'तिबार' कहलाती है,
हर गाँव में यही है जो समृद्धि की
पहचान कराती है।

घर के कोने में दीवार पर
मधुमक्खियों ने घर भी बनाया है,
उनके घर का शहद मैंने भी
बचपन में खूब खाया है।

यहीं घर के एक हिस्से में
हमारी गाय रहती है,
मेरी माँ उससे और वो माँ से
अपनी बातें कहती है।

देखो,
आँगन में शान से खड़ा संतरे का ये पेड़
बरसों से हमें छाया दे रहा है,
रसीले संतरों का स्वाद आज भी
हमें भरपूर आनंद दे रहा है।

उधर,
पास में बाईं ओर ओखल हमें बुला रही है,
उसके पास बिखरे भूसे में
कोई चिड़िया अपने लिए
भोजन जुटा रही है।

सुनो!
हमारी रसोई में हम यूँ ही नहीं जाते हैं
पहले नहा-धोकर, स्वच्छ कपड़े पहन
फिर भोजन कर पाते हैं।

जमीन पर पालथी मारकर भोजन करने का
आनंद ही कुछ और था,
छूट गया बरसों पहले जो
कितना अनुशासित दौर था।

दूर धारे से भरी पानी की गागर
आज जाने कहाँ खो गई;
हम सबकी आधुनिकता में डूबकर
वह भी एक इतिहास हो गई।

उसी के पास सिल-बट्टा भी शान से
मेरे घर में रहता है,
मिक्सी, ग्राइंडर के कारण वह आज
उपेक्षा का दंश सहता है।

खैर,
चलो, भीतर चलते हैं
जहाँ पर छाछ मथा जाता है,
ताजा मक्खन का वह स्वाद
मुझे आज भी बहुत याद आता है।

यहीं कोने पर,
पत्थरों के दो पाट हैं
जो अनाज पीसा करते थे,
माँ के हाथों हमारा
भरण-पोषण करते थे।

देखो!
मिट्टी से लिपी ये दीवारें
गरमी-वर्षा और भीषण सर्दी को झेलती हैं,
और हमारे लिए मौसम के अनुसार
शीतलता या गुनगुना अहसास सहेजती हैं।

आओ, बाहर चलो, वहीं वह आँगन है
जहाँ मेरा बचपन
खूब-खूब दौड़ता-भागता रहा है,
यह आँगन ही है, जो इस घर की
खूबसूरती बना रहा है।

ढालदार पठाली की छतों से ढका
मेरा ये घर ही मेरी संस्कृति है;
इसके भीतर समाई मेरे जीवन की
हर मीठी खूबसूरत स्मृति है।

29.5.2020

□

चूल्हे की पाठशाला

अतीत के पन्नों से
झाँकते बचपन की वो बातें,
आँखें मूँदकर आज भी महसूस करता हूँ
माँ के पास बैठकर बिताई वो रातें।

आज भी जीवित हैं वो रातें
मेरे मन में
जब चूल्हे की आग का इंतजार
खाना पकाने से ज्यादा मैं
पढ़ने की रोशनी के लिए किया करता था।

मुझे याद है,
कैसे चूल्हे की लाल–पीली लपटों की
रोशनी में किताब के अक्षर बाँचा करता था,
आँखों में धुएँ की पिपराहट को
दोनों हथेलियों से मलकर साफ करता था।

और माँ,
दिन भर काम करती

थककर चूर हो जाती,
लेकिन चूल्हे की ताप से
वो थकान जाने कहाँ चली जाती।

मैं झट से किताबों को पढ़
एक कोने में रख देता था,
फिर माँ की जुबानी
तरह-तरह की लोककथाएँ सुनता था।

माँ,

रोटी हाथ से पाथने
और लाल कोयलों पर
सेंकने की प्रक्रिया अनवरत जारी रखती थी,
एक-एक रोटी के साथ
एक-एक वाक्य को
बड़े मीठे अंदाज में कहती थी।

माँ,

जिसकी गोदी के एक हिस्से पर
छोटी बहन का सिर होता था,
माँ की गुनगुनी थपकी में
लोरियों का संगीत होता था।

माँ

इसी वक्त मुझे रोज
नई-नई कहानियाँ सुनाती थी,
इन कहानियों में जीवन के

मंत्र भी समझाती थी।
यह वो समय होता था जब
माँ चूल्हे पर सिकती रोटियों की
विशेषता हमें दिखाती थी,
जिंदगी भी कुछ ऐसी ही तो है
यह बात हमें सिखाती थी।

कच्ची लोई, हाथों की थपकी के बीच
किस तरह खूबसूरत बनती थी,
फिर जिंदगी के झंझावातों जैसी
वह रोटी तवे पर कैसे सिकती थी।
तपकर, कुछ-कुछ जलकर
वह खाने योग्य हो जाती थी,
इसी को माँ जिंदगी बताती थी!

बस, इसी तरह माँ
हमें जिंदगी के भावी पड़ावों के लिए
तैयार करती थी,
झुलस न जाएँ किसी तपिश से हम
इस सीमा तक साधा करती थी।

माँ,
तुम्हारी चूल्हे की पाठशाला ने
मुझे जितना कुछ सिखाया है,
उसी सीख ने तमाम थपेड़ों
और चुनौतियों के बीच मेरे मन को
मजबूत बनाया है।

29.5.2020

□

गाँव की रीत

हमारे बचपन के दिनों में,
हफ्ते का वह एक दिन
विशेष हुआ करता था
जब घर में सुबह-सुबह
लोगों का आना-जाना लगा रहता था।

काठ के पर्या[1] में
उँड़ेली गई दही
खूब मथी जाती थी,
एक हफ्ते से जमी दही
छाछ में बदल जाती थी।

कभी तेज तो कभी रुक-रुककर
घुर-घुर का स्वर सुनाई देता था,
छाछ मथने का यह संगीत भी
मुझे बहुत अच्छा लगता था।

छाछ में तैर मक्खन जब

---

1. दही मथने का काष्ठ निर्मित मर्तबान

माँ के हाथों में दिखती थी,
गोल-गोल थपकी कर उसे
माँ एक कटोरे में रखती थी।

मैं बाहर देहरी पर उत्सुक होकर
उस पल का इंतजार करता था,
जब माँ का दिया
ताजा छाछ से भरा गिलास
मैं हाथ में पकड़ता था।

एक ही घूँट में गटक लेता था सारी छाछ
और गटकते ही मुसकराता था,
यह सब देखकर माँ को
मुझ पर बहुत ही लाड़ आता था।

अब मेरी नजरें
मक्खन के कटोरे पर अटकती थीं,
'कल भोर में दूँगी तुझे'
मेरी मंशा जान
माँ झट से कहती थी।

भोर होते ही, सुबह कलेवा में
मडुए की रोटी के साथ मक्खन का डला
अँधेरी रात में चमकते चाँद सा दिखता,
चाव से खाते थे सभी लोग
तभी कोई बाहर से आवाज लगाता।

'ताई छाछ लेने आया हूँ'

गाँव के बड़े भैया की आवाज थी।
थोड़ी ही देर में आँगन में
गाँववालों की भरमार थी।

सबको छाछ की ठेकी देते हुए
मैं गर्वित महसूस करता था,
माँ को गाँव की यशोदा मैया और
खुद को कन्हैया समझता था।

एक रोज माँ ने कहा था
कि गाय तो कृष्ण की हुआ करती थी,
लाड़ में मेरी माँ मुझे ही
कान्हा कहा करती थी।

इसी भाव से मैं, छुट्टी के दिन
गाय चराने जाता था,
कभी गीत गाता था, तो कभी
बाँसुरी भी बजाता था।

लेकिन आज सोचता हूँ कि
कितनी सुंदर परंपरा गाँव में होती थी,
किसी एक घर में मथी छाछ
पूरे गाँव में बाँटी जाती थी।

तब न लेनेवाले को कोई संकोच था
और न देनेवाले को अभिमान था,
छोटी-छोटी खुशियाँ सबमें बाँटना ही
सबके लिए प्यार और सम्मान था।

03.6.2020

□

मेरे बचपन का दोस्त

जिंदगी की भाग-दौड़ से
कुछ समय निकालकर
मैं आँगन में टहल रहा था,
बगीचे में फलों से लदे एक पेड़ को
बंदर खूब जोर से हिला रहा था।

कहीं बरबाद न हो जाएँ ये फल
इस हेतु मैं उधर गया,
मुझे देखकर एकला वानर
पल भर में कूदते-फाँदते जाने किधर गया।

पेड़ के पास जाकर मैं
फलों से लकदक उस वृक्ष को देख
गद्गद हो उठा।

अरसे बाद मुझे वहाँ देख
वह वृक्ष भी हँस बैठा
मैं आश्चर्य से उसे देखे जा रहा था,
वह भी मुझे देख मंद-मंद
मुसकराए जा रहा था।

उसकी मुसकराहट मुझसे
कई प्रश्न कर रही थी,
कहाँ थे इतने बरस
शायद यही पूछ रही थी।

उसकी सरसराती पत्तियों ने मुझे
मेरे बचपन की याद दिला दी,
मेरे आँगन के उस पेड़ की जिसकी याद
आपाधापी ने बरसों पहले भुलवा दी।

इसी तरह एक पेड़ मेरे गाँव में भी
पीले रसीले संतरों से, झक्क रहा करता था,
अपनी रसीली यादों को हर मौसम में
सभी को भेजा करता था।

उसकी टहनियों की बाँहों में
मैं न जाने कितनी बार झूला हूँ,
पर दौड़ती-भागती जिंदगी में जाने कैसे
मैं बचपन के साथी को भी भूला हूँ।

मुझे याद आ रहा कि
        कैसे गाँव से आते समय
        मैं उससे लिपटकर खूब रोया था,
        मुझे लगा था कि जैसे मैंने
        अपने बेहद करीबी को खोया है।
उस पेड़ के कंधे पर चढ़कर
मैं छलाँग लगाया करता था,

उसी की छाँव में थका–माँदा
भरी दुपहरी बिताया करता था।

मेरे आते ही कौन उसके संग
मन से भरपूर खेला होगा?
उसकी बाँहों में झूला डाले
कौन प्यार से झूला होगा?

किसने दिन भर की मस्ती
उसकी छाँव में की होगी?
किसने उसकी प्यार से
निराई–गुड़ाई की होगी?

कुछ बरस पूर्व जब गाँव गया था,
अपने उस पेड़ को मैंने
वहाँ नहीं पाया था...।

शायद मेरे जाते ही
वो सूख गया था,
और मेरे इंतजार में ही
वो टूट गया था!

कहीं वो आम के पेड़ के रूप में
आज मेरे सामने तो नहीं?
इसलिए सरसराते हुए इसने मुझे
कुछ अनकही बातें कहीं।

शायद!
वो पेड़ मुझसे
जुदा नहीं हो पाया होगा,
मेरे बचपन का साथी
मेरे साथ ही राजधानी आया होगा।

मैंने मूक संवाद में उससे
यही बात कही,
प्रत्युत्तर में उसकी पत्तियों से
मधुर बयार बही।

मेरी खुशी का अब कोई ठिकाना न रहा
वर्षों बाद मुझसे मुलाकात कर रहा था,
मेरा बचपन मेरे सामने
मुझसे बात कर रहा।

03.6.2020

□

घर के सामने वो पहाड़

मेरे घर के सामने हरा–भरा पहाड़
मुझसे रोज बतियाता था,
सुबह आँख मींढ़ते हुए जब मैं आँगन में आता
तो पहला दर्शन उसी का पाता था।

वो मुझसे पहले जगकर
मेरे उठने की प्रतीक्षा करता था,
मैं उठता तो उसके शीर्ष पर पड़ती
सूर्य की किरणों से वह जगमगाता,
धीरे–धीरे उतरती धूप में
नहाया करता था।

मैं दिन भर उसके विविध
रंगों को देखता,
तो उन रंगों की विविधता के बारे में
विविध प्रश्न माँ से करता।

माँ कहती थी
कि हमारे घर की तरह ये भी

एक आशियाना ही है,
असंख्य वृक्षों की जन्मभूमि है तो
नन्हे पशु-पक्षियों का पालना भी है।

इसके घर में भी हर दिन
कोई नया जन्म लेता है,
कोई पौधा तो कोई नन्हा जीव
यहाँ भी अँगड़ाई लेता है।

यह भी बसंत में निखरता है
फ्योंली व बुराँस के फूलों से सजता है,
माघ में बर्फ की चादर ओढ़
श्वेत रजत सा दिखता है।
चुभती बर्फीली हवाएँ
इसे भी भीतर तक कँपाती हैं,
इसकी ऊँची वृक्षों की कतारें
सीने में कुम्हलाते पौधों को बचाती हैं।

माँ ने बताया यह पहाड़
तपती जेठ में भी
स्वयं तपकर तुम्हें शीतलता देता है,
उत्सर्जित गरम हवाओं को
स्वयं में समा लेता है।

और तो और,
भीषण तपन में झुलसती इसकी धरती
जब आग की लपेटों में घिरती है,

तब भी जीने की इसकी संकल्पशक्ति
अटल और अडिग रहती है।

यह जलकर, राख होकर भी
सावन की बूँदों में पुनः सृजित होता है,
यह विपरित समय में भी
अपने शाश्वत मूल्यों को नहीं खोता है।

पहाड़ की मार्मिक कहानी सुन
मैं एकटक उसे देखता रहा,
पहाड़ प्रकृति का वरदान होते हैं
माँ ने मुझसे कहा।

04.6.2020
□

खेतों में पलता बचपन

सीढ़ीनुमा खेतों में चढ़ते-उतरते
मेरा बचपन बड़ा हुआ,
घुटनों के बल रेंगते हुए मैं
इन्हीं खेतों में खड़ा हुआ।

मिट्टी के ढेलों के खिलौने
जिनसे कभी खेलते, तो कभी खाते थे,
बेहद नरम मिट्टी के
सौंधे स्वाद को पाते थे।

बैलों की जोड़ी खेतों को
चीरकर पाँत बनाती थी,
उसी पाँत के पीछे-पीछे
मेरी माँ बीजों की पाँत सजाती थी।

लकड़ी के बड़े से पाट से
जुते उबड़-खाबड़ खेत समतल हो जाते थे,
उन पाटों पर बैठे सैर कर
हम खूब मजे लेते थे।

तब सड़क पर दौड़ती गाड़ी
हमने कभी देखी नहीं थी,
हमारे लिए ये खेती ही
सड़क और गाड़ी बनी हुई थी।

खेत के कोने पर भीमल के पेड़ तले
रोटी–सब्जी की पोटली रखी होती थी,
मेरी नजरें जब उस पर अटकतीं
तो पेट की भूख और भी तेज होती थी।

भोजन में वो स्वाद आज तक
किसी अन्य जगह नहीं आया,
जो मिट्टी पर बैठकर
माँ के हाथों खिलाए भोजन से पाया।

धान की बुआई पर खेतों को
हम साफ–सुथरा बनाते थे,
किनारे मेंड़ों की लिपाई कर
बड़े ही जतन से सजाते थे।

फिर इंतजार रहता
कि कब यह सुनहरे खेत
धानी चुनर ओढ़ लें,
धरती के मानव फिर
प्रकृति से रिश्ता जोड़ लें।

मैं तब,
उन्हीं खेतों को फलता-फूलता देखने
उनके पास जाता था,
उनकी सृजनशीलता के समक्ष
अपना शीश नवाता था।

मैं उन खेतों को 'माँ' कहकर
पुकारता था,
उनकी हरी-हरी, छोटी-छोटी
पौध को खूब दुलारता था।

धरती माँ के गर्भ में
हमारे लिए अन्न-धन पलता है,
उसी की गोद में लहलहाते हुए
वो बढ़ता और फलता है।

फिर पककर, कटकर, छनकर
हमारा भरण-पोषण करता है,
और हमारे भीतर भी
सृजनशीलता के गुण भरता है।

माँ कहती थी
जैसा अन्न खाओगे
वैसा ही मन पाओगे,
खेती की देखभाल
अच्छी करोगे तो
अच्छा अन्न उगाओगे।

खेत में आज भी अनवरत
यह प्रक्रिया जारी है
बस इनसानों का भेद होता है,
कल वहाँ हम थे
आज किसी और की बारी है।

05.6.2020

□

तब की पाठशाला

गाँव से कुछ दूरी पर
पठाली की छतों से ढका और
सफेद चूने से पुती साफ-सुथरी दीवारें
हमारी पाठशाला हुआ करती थी।

वो पाठशाला जहाँ,
किताब के रूप में 'पाटी'
और कलम के रूप में कमेड़ा से
भीगी लकड़ी, हमारी लेखनी में
शामिल हुआ करती थी।

वो पाठशाला जहाँ,
काली तख्ती पर सफेद स्याही से
हमने 'श्याम-श्वेत' चित्रकारी की,
आड़ी-तिरछी रेखाओं को अक्षरों में
ढालने की बार-बार तैयारी की।

इसी पाठशाला में,
हमने मिट्टी से लिपे फर्श पर
फटी हुई बोरी बिछाई,

उसी पर बैठकर पूरे दिन
अपनी पाटी पर 'सरस्वती' सजाई।

यहीं पाठशाला में ही
थोड़ा बड़ा होकर स्याही की टिकिया घोल
पतली रिंगाल से बने कलम की नोक से
हमने शब्दों की भाषाएँ बोलीं,
सफेद जमीन पर खेली जाने लगी
गाढ़ी नीले रंग की खेली है होली।

तब पाठशाला में 'टीचर' नहीं
गुरुजी हुआ करते थे,
जो गुरु-शिष्य परंपरा के
कर्णधार हुआ करते थे।

इस पाठशाला में हमने,
न केवल अक्षर ज्ञान लिया,
बल्कि स्वच्छता की परिभाषा को
प्रांगण के साथ ही
जीवन में भी चरितार्थ किया।

यहाँ गुरु के सान्निध्य में हम
फुलवारी सजाया करते थे,
गुरुसेवा में दूर धारे से
पानी की गागर भरकर लाया करते थे।

तब,
गुरुजी की सेवा करने को
हम तत्पर रहा करते थे,

उनके गंभीर और सख्त मिजाज से
भले ही हम डरा करते थे।

तब,

जो आनंद गुरुजी की बनाई
साग-सब्जी में आता था,
होड़ मच जाती थी बच्चों में
गुरुजी के बरतन धोना
हम सबको भाता था।

तब,

न छात्र ने, न ही अभिभावक ने
इसे कभी छात्र श्रमिक कहा,
यह तो गुरु और शिष्य के
आत्मीय भाव का प्रतीक रहा।

गुरुजी जिस मनोयोग से
हमें पढ़ाया करते थे,
उसी मनोयोग से वे
क्यारी में फूल भी खिलाया करते थे।

हमारी पाठशाला न केवल
अक्षर की पाठशाला थी,
यह तो जिंदगी के हर परिवेश की
एक अद्‌भुत कार्यशाला थी।

08.6.2020

□

पहाड़ों की शक्ल में हमारा जीवन

दमदेवल की चढ़ाई चढ़ते हुए लगता था
कि मैं दुनिया की सबसे ऊँची चोटी चढ़ गया,
फिर भरसार की चढ़ाई चढ़ी
तो लगा अब आसमाँ जरा सा दूर रह गया।

मैं जिस पहाड़ को भी छूता था
उससे ऊँचा मुझे एक और पहाड़ दिखता था,
आसमाँ को छूने को आतुर
मेरा बालमन रोज पहाड़ी चढ़ता था।

एक रोज मैंने माँ से कहा
ये पहाड़ियाँ सब एक सी क्यों नहीं हैं?
कोई ऊँची तो कोई नीची
कोई नुकीली तो कोई ढालदार दिख रही है?

मुझे आसमान छूना है तो
मैं किस पहाड़ी पर जाऊँ?
किस रास्ते जाऊँ जिससे कि
इस नील गगन को छू पाऊँ?

आसमाँ छूने की मेरी नादान सी हसरत देख
माँ मुलमुल मुसकरा गई,
किंतु मेरे हठी मन की
थाह को भी भाँप गई।

इसलिए,
उसने मुझे पहाड़ के स्वरूप का
अर्थ समझाया,
पहाड़ की शक्ल में ही
जीवन का मर्म बताया।

माँ ने कहा,
ये हरे-भरे, ऊँचे-नीचे पहाड़
हमारे जीवन के ही प्रतिबिंब हैं,
ये हमारे समृद्ध जीवन के
साक्षी और अवलंब हैं।

इनका स्वरूप मनुजता की
जीवन-रेखा को दरशाता है,
उतार-चढ़ाव भरी जिंदगी के
सफर को बताता है।

हमारे जीवन में भी हम
गहरी खाई से शुरुआत करते हैं,
टेढ़े-मेढ़े कंटाकीर्ण रास्तों पर चलकर ही
सफलता के शिखर पर पहुँचते हैं।

हमारे जीवन में आईं खुशियाँ
सदैव एक सी नहीं रहतीं,

कभी आसमान छूने को तत्पर होती हैं
तो कभी आँखों से गंगा सी बहतीं।

ये उतार, ये चढ़ाव, ये ठहराव
सब पहाड़ का ही निर्माण करते हैं,
हमारी जिंदगी भी तो इसी पहाड़ की तरह
बनी चित्रकारी की तरह लगती है।

इसलिए,
तुम भी सफलता के शिखर पर
धैर्य के अवलंबन पर,
थोड़ा उचककर
कर्म के कौशलयुक्त हाथों से
खुशियों के आसमान को छुओ।

और मैं,
तेरे आसमान छूने की
इस संघर्षमयी यात्रा में
तुम्हें साथ-साथ ही दिखूँगी,
तेरी आसमाँ छूने की जिद को
यथार्थ में महसूस करूँगी।
आज लगता है हर पल
मेरी ऊँचाइयों पर मेरी माँ
मेरे साथ खड़ी है,
इसी ने दिया है सहारा मुझे
जब भी कोई मुसीबत आन पड़ी है।

09.6.2020
□

पहाड़ी सफर की यादें

मैदान से पहाड़ चढ़ती सर्पीली
बल खाती सड़कों की
कई यादें मेरे अंतस में जीवंत हैं,
इन्हीं रास्तों पर जनमी मेरी रचनाएँ
जिनके अस्तित्व मेरे जीवन में अंकित हैं।

पहाड़ों की इन सुरम्य वादियों ने
मेरी कविता को सदा प्रेरित किया,
शब्दों में ढले मेरे भावों को
जन-जन तक प्रेषित किया।

कौड़ियाला में नदी किनारे वो
छोटी-छोटी कॉटेज
जहाँ चाय की चुस्कियों के साथ
नदी की कल-कल, छल-छल सुनता था,
नदी की जल धारा में
पहाड़ों का संगीत सुनता था।

तोता घाटी की उदास, वीरान चट्टानों ने
मेरी कहानियों में पहाड़ का दर्द उकेरा है,

उसके छोटे–छोटे पहलुओं को ही तो
मैंने अपने उपन्यासों में बिखेरा है।

इन टेढ़े–मेढ़े रास्तों के सफर में
देवप्रयाग पहुँचते ही अलकनंदा
और भागीरथी का संगम दिखता है
माँ गंगा के पूर्ण रूप से दर्शन कराता है।

मलेथा की समतल उपजाऊ भूमि
वीर भड़[1] माधो सिंह की याद दिलाती है,
पीली सरसों की लहलहाती सी चुनरी
बलिदानी पुत्र की खुशबू महकाती है।

माँ के मुँह से अकसर
वीर माधो सिंह के गीत सुना करता था,
माँ के साथ मैं भी झुमैलों में
अकसर सुर मिलाया करता था।

इन रास्तों में दिखते घने जंगल, झरने
और सुगंधित हवा मुझे स्फूर्त कर देती थी,
हरे–भरे गगनचुंबी पहाड़ों की शृंखलाएँ
मेरे मन में उल्लास, उमंग भर देती थीं।

10.6.2020

□

1. एक जाति विशेष के वीर योद्धा

मेरे अभाव बने मेरी ताकत

जब–जब भी मेरे मन के भाव
कागज पर उतरकर एक नई रचना बनाते हैं,
जिस मिट्टी में रचा–बसा हूँ मैं
उसी रंग से कविता की चुनरी सजाते हैं।

तो सहज ही,
सार्थक समझता हूँ मैं अपनी इस लेखनी को
जिसने मेरी जड़ों को सींचा है,
और दूर, परदेश में भी आकर
मुझे मेरे गाँव की ओर खींचा है।

मन प्रफुल्लित होता है,
जब नीली स्याही से
हरे–भरे पहाड़ों को सहलाता हूँ,
फ्योंली, ग्वीराल, बुराँस के
फूलों को कागज के सीने पर महकाता हूँ।

मैं नि:शब्द हो जाता हूँ,
जब गाँव को याद करते हुए

कई बार आँखें सजल होती हैं,
उन रौलो-खोलों के साथ गुजरे दिनों
की याद में रोती हैं।

मैं महसूस करता हूँ,
आज भी उन पथरीले रास्तों की
वो तीखी चुभन, जो मेरी
फटी चप्पलों को भेदकर
मेरे मन को चुभती थी।

मैं आज भी भूला नहीं,
उन मेले-खेले, बार-त्योहार
नाते-रिश्तेदारी को
जहाँ जाने के लिए मेरे पास
एक जोड़ी नया कपड़ा नहीं था,
तमाम अभावों के बावजूद भी
ईश्वर से कोई शिकवा नहीं था।

मुझे न जाने क्यों,
ये अभाव कभी खले नहीं
अभावों में मेरे संकल्प टले नहीं,
मैं बढ़ता रहा निशंक होकर
मेरे संकल्प अभावाग्नि में जले नहीं।

इसलिए शायद,
आज ये लिखे अतीत के दृश्य
मेरी ताकत बनकर मुझे सँभालता है!

तब मैं उदास होता हूँ मैं!
तो ये बीता समय बरबस ही
बेतरह याद आता है।

जहाँ से,
मैं असंख्य थपेड़ों से जूझकर
कठिनाइयों को चीरकर
और चुनौतियों को स्वीकार कर
अथक चलता रहा हूँ,
अभावों में संभावनाओं की
इमारत बनाने के लिए
दिन–रात खपता रहा हूँ।

11.6.2020

माँ के साथी

माँ के संघर्ष की साथी
जो हमेशा उसके साथ रही,
जिनके बिना उसका जीवन अधूरा था
न जाने उनमें क्या बात रही?

छज्जे के नीचे खूँटी पर
माँ रोज छुणक्याली[1] दराँती टाँक देती थी,
यहीं से उठाकर अपने हथियार को
रोज पहाड़-के-पहाड़ लाँघ देती थी।

घर के कोने में रखा वो तिकोना पत्थर
जिस पर घिसकर माँ दराँती को धार देती थी,
घिसते-घिसते इस पत्थर पर
जीवन का सार देती थी।

घर के भीतर काठ का वो बक्सा
जिसमें माँ की छोटी सी डेयरी हुआ करती थी,
दूध, दही, घी, मक्खन और गुड़ को
मेरी माँ उसमें सहेजकर रखा करती थी।

---

1. दराँती के हत्थे पर लगे घुँघरू

आँगन के कोने पे रखा वो दूसरा पत्थर
जिस पर माँ पैरों की ऐड़ियाँ रगड़ती थी,
नंगे पैर चलते-चलते इस पर
बड़ी-बड़ी बिवाइयाँ पड़ती थीं।

जिंदगी के झंझावातों ने माँ की कोमल देह को
कठोर और खुरदुरा बना दिया था,
हमको सजाने-सँवारने में माँ ने
खुद का श्रृंगार भुला दिया था।

घर में आज भी माँ के ये साथी
माँ के पुरुषार्थ की गवाही देते हैं,
महसूस करता हूँ माँ को इन्हीं के आसपास
और माँ से इनके संवाद मुझे सुनाई देते हैं।

इसलिए,
आज इन्हें बचपन की यादों में
बड़े ही प्यार से सहेजकर रखता हूँ,
इनके अस्तित्व की कहानी
लिखकर इन्हें सदैव के लिए
जिंदा रखता हूँ।

12.6.2020
□

परहित समर्पित

मैं हर छुट्टी के दिन
हाथ में रोटी–गुड़ की
पोटली लिये
बगल में कॉपी और कलम दबाए
गाय–बछियों संग निकल पड़ता था।

गाँव से कुछ ही दूर पर शुरू होते
घने जंगलों में डेरा डालकर
पेड़–पौधों को भी पढ़ता था।

इन हरे–भरे पेड़–पौधों से मेरा
आत्मीयता का नाता था,
मुझे देख ये भी खिलखिलाते थे
और मैं भी खूब हँसता था।

इनके बीच मैं स्वयं को
साथियों से घिरा महसूस करता,
ये अपनी कहते थे मुझसे
और मैं अपनी इनसे कहता था।

ये पेड़ सदैव परहित की बात
मुझे समझाते रहे,
मेरी गाय-बछियों सहित
हम सबको पालते रहे।

जब एक बड़े पत्थर पर बैठ
मैं कागज पर मन के भाव उतारता,
उन पन्नों में मैं सहसा
इन पेड़-पौधों का प्रतिबिंब ही पाता।

मेरी नजर जब किसी
घायल टहनी पर पड़ती थी,
तो उसे सहलाते हुए
मेरी भावनाएँ उमड़ती थीं।

पेड़ पर हुए असंख्य प्रहारों से
मैं मन-ही-मन सिसक उठता था,
किंतु जगह-जगह छलनी हुए पेड़ की
मुसकराहट पर कोई शिकन नहीं देखता था।

मैंने पूछ ही लिया,
बहुत दर्द होता होगा न तुम्हें?
जब तुम यूँ निर्मम काटे जाते हो,
सारा जीवन समर्पित कर
बदले में यह दर्द पाते हो?

और सच कहूँ, तब
वो पेड़ मुसकरा उठा था,
उस असहनीय पीड़ा में भी।

हँसकर कहने लगा,
हमारा स्वयं का तो कोई जीवन नहीं
हमारा तो जन्म परहित ही हुआ है,
हमारी प्रकृति ही कुछ ऐसी है कि
अनगिनत घावों से भी कभी दर्द नहीं हुआ है।

जब स्वयं के प्राण का
कोई मोह नहीं होता,
तो समर्पित इस तन का
कोई लोभ नहीं होता।
हमारी नियति सिर्फ 'प्रदान' करना है,
इसलिए घात-प्रघात के दर्द से नहीं डरना है।

बल्कि,
हमारे तन पर पड़ा एक-एक घाव
हमारे जीवन की सार्थकता की निशानी है,
हमारी पत्तियाँ, शाख, फल-फूल ने
चराचर जगत् के लिए
अर्पित होने की ठानी है।

हाँ!
यह जरूर है कि हम हमारी जड़ों को
कभी भूला नहीं करते,
स्वयं कुरबान होने पर भी
जड़ों को खुद विलग नहीं करते।

इसलिए,

हमारी जड़ें हमें हर हाल में
पुनर्जीवित कर देती हैं,
सौ बार कटने पर भी हमें
नया जीवन देती हैं।

घनघोर जंगल में पेड़ की बात सुनता रहा
नजरों में पेड़ का प्रतिबिंब लेकर
उसे कागज पर सजाता रहा।

इतने वृहद् रूप लेकर
उसका जड़ों से जुड़ने का भाव
मैं अपने हृदय में समाता रहा।

12.6.2020

□

सावन का स्वागत

आषाढ़ निकलते–निकलते
जब काले मेघ उमड़–घुमड़
आँधी, धूल–धक्कड़ के बीच
गर्जन करते से बरसते थे।

तो भरी दुपहरी में अचानक
हुई काली रात में हम
खेतों मे दौड़ पड़ते थे।

जानते थे कि अब आसमान को
जमकर बरसना है,
सरसराती हवाओं में
काले बादलों को गरजना है।

माँ कहती थी कि
ये काले बादल, पानी भर के लाए हैं,
जेठ की तपन से धरती को
तृप्त करने आए हैं।

मेरा कौतूहल मुझे साथियों संग
बारिश की पहली बूँद का स्पर्श कराता था,
टप-टप पड़ती बूँदों को प्यार से
मैं हथेलियों में भरकर लाता था।

खेत की गीली मिट्टी में
दौड़ते-भागते बारिश से बातें करते,
आसमान से बरसती बूँदों को
अपनी अंजलि में भरते।

जहाँ गाँव के वृद्ध शरीर
इस बारिश से स्वयं को
घर की खोल में छुपा देते थे,
वहीं युवा अपनी रोजमर्रा के
कामों को निर्विघ्न निपटाते थे।

और हमारे लिए तो यह बारिश
मस्ती और रोमांच लेकर आती थी,
गीली मिट्टी से सने कपड़ों से
माटी की सौंधी सी खुशबू आती थी।

कभी इस बारिश में जंगलों में जाकर
हम माँ का बोझ हलका करते थे,
तो कभी पानी की गागर
धारे-पंदेरे से भरते थे।

तब,
ये बारिश कोई अवरोध नहीं थी,
तर–ब–तर भीगने की परवाह नहीं थी।

लेकिन हाँ,
घर आकर बालों से टपकती बूँदें
थरथराते नीले होंठ और
गीले बदन पर चिपके कपड़े
माँ को चिंता में डालते थे।

पहनने को दूसरी जोड़ी कपड़े की
जगह माँ शॉल को लपेटती थी,
गीले कपड़ों को निचोड़
चूल्हे के ऊपर बने
'अनगीरा[1]' में सुखाती थी।

और मैं इंतजार करता
उनके सूखने का बेतरह
ठंड से ठिठुर–ठिठुरकर।

मैं डर–डर के माँ से बोलता था
एक जोड़ी और सिला दे
बस एक ही जोड़ी को
रोज–रोज पहनता हूँ,
माँ, एक नया कुरता ही दिला दे।

और माँ,
हमेशा की तरह 'ठीक है' कहकर

1. चूल्हे के ऊपर लकड़ियाँ सुखाने के लिए बनाया गया टान

मुझे आश्वस्त करती थी,
शॉल से मुझे पोंछते हुए
एक लंबी आह भरती थी।

मैं उसके आह भरने का मंतव्य
तुरंत समझ जाता था और
चूल्हे के पास जाकर फिर
अपने उन्हीं कपड़ों को सुखाता था।

और मुड़कर माँ की ओर
आशा भरी नजरों से देखता था
कि मेरी माँ
ला ही देगी एक-न-एक दिन
बदलने के लिए एक जोड़ी कपड़े
कहीं-न-कहीं से
कभी-न-कभी…।

13.6.2020

□

मेले का इंतजार

सालभर में आते इन मेलों का
सभी को बेसब्री से इंतजार रहता था,
मेरा उत्सुक मन भी मेले के लिए
हर साल पूरी तरह तैयार रहता था।

किंतु,
यह जरूरी नहीं था कि
हर बार मन की ही कर पाएँ,
मन पर हावी परिस्थितियाँ
हमारे काबू में आएँ।

मेले में जाने को जब
एक जोड़ी नया कपड़ा नहीं होता था,
टूटे–टाले लगे उतरनों में भी
उल्लास खोता नहीं था।

कहीं कोई उपहास न उड़ाए
इसलिए माँ जाने से रोकती थी,
मेरा मन बहलाने के लिए
पुराने मेलों का सामान खोजती थी।

मुझे दिखाकर कहती कि
यही सबकुछ तो हर साल आता है,
कोई एक सा सामान बार-बार
घर थोड़े ही लाता है।

मेरा बालमन उन पुरानी चीजों के साथ ही
मेले की कल्पना करता रहता,
केवल कपड़ों के कारण न जा सका
यह दुःख मेरी आँखों से बहता।

फिर,
    माँ की विवशता को जान
    उससे लिपटकर मैं खूब रोता था,
    तब तंगी और छोटी-छोटी खुशियों के
    छीनने का अहसास मुझे होता था।

किंतु,
    माँ के स्नेहत्व से ओत-प्रोत
    मैं क्षण भर में ही मुसकराता था,
    किसी के हाथ माँगती थी 'जलेबी'
    जिसे माँ के हाथों से लेकर
    मैं खूब चाव से खाता था।

13.6.2020

□

मायके का बिछोह

अरसे और रोट की भरी हथकंडी
काँधे पर लादे मैं दीदी का
बेद्वाल[1] हुआ करता था,
बेटी की विदाई पर न केवल माँ
बल्कि पूरा गाँव रोया करता था।

मैं टुकुर-टुकुर देखता रहता था।
दीदी के पीछे चलती हुई
महिलाओं की एक लंबी पाँत,
जो बेटी को ससुराल
भेजने के लिए उमड़ पड़ती थी
भीगी पलकों के साथ।

हिदायतों, नसीहतों से दामन भरकर
दीदी को दूर धार तक छोड़कर आती थी,
और दीदी घर की दहलीज से लेकर
ऊपर धार तक हर पत्थर को सहलाती थी,
मायके को मुड़-मुड़कर निहारती थी।

---

1. बेटी को ससुराल तक विदा करने वाला व्यक्ति

फिर मेरे सिर पर हाथ फिराती थी
मैं सिसकती दीदी को
कुछ बोल भी नहीं पाता था,
वह चलती तो चलता था
वह बैठती तो बैठ जाता था।

बहुत देर तक वो धोती के पल्लू में
सिसकते हुए मायके को याद करती थी,
'माँ' कहते हुए वो बार-बार
फफक पड़ती थी।

मैं खामोश रहकर उसकी
हर बात समझता था,
दीदी बग्वाल[1] में तो आएगी न
बस यही बात कहता था।

हाँ में सिर हिलाते हुए वो
मुझे सीने से चिपकाती थी,
छायादार पेड़ तले माँ की दी 'कल्यो रोटी'
मुझे अपने हाथों से खिलाती थी।

14.6.2020

□

1. दीपावली

कर्म और भाग्य

पत्थर के दो गोल पाटों के बीच
गेहूँ, मडुवे के बीजों को डालकर
माँ सुबह होने से पहले ही
आटा पीस लिया करती थी।

एक सेर आटा निकालते-निकालते
उपरी पाट को बहुत देर तक
चलाया करती थी।

मैं माँ को यूँ घिसते-रगड़ते देख
मूक सहानुभूति व्यक्त किया करता था,
'माँ! मुझे सिखा दे ये जंदरा[1] चलाना'
अकसर उससे यही कहा करता था।

माँ कहती,
पाट तो कोई भी चला लेगा
पर पहले जरूरी है इसे तैयार करना,
कितना बारीक और मोटा अनाज चाहिए
उसी अनुसार इन पाटों को रखना।

---

1. गोलाकार पत्थरों के दो पाट से बनी अनाज पीसने की हाथ-चक्की

निपट निरक्षर माँ को इस कौशल का
सटीक और निश्चित अनुमान था,
हमारी पुस्तकों में तो कहीं भी
मैंने देखा नहीं ऐसा विज्ञान था।

माँ अपने हाथों से पाट लगाकर
मुझे पाट चलाना सिखाती थी,
मेरे तेज-तेज घुमाने पर सहसा
मेरी माँ खिलखिलाती थी।

मेरा हाथ रोककर माँ ने
मुझे जो बात उस दिन थी बताई,
मेरे मन के एक कोने में आज भी जीवित है
मैंने वो बात आज तक न भुलाई।

माँ बोली,
'पत्थर के ये दो पाट
हमारे जीवन की तरह होते हैं
समझ सको तो समझना
पत्थर जो तुमसे कुछ कहते हैं।'

'कर्म का पाट हमारे भाग्य पर
सवार होकर सुख-दुःख को पीसता है;
दोनों की मिश्रित अनुभूति से
हमारे जीवन को सींचता है।'

'थोड़ा भाग्य भी जरूर आधार में
होना चाहिए;

जिस पर कर्म का पाट निरंतर
चलना चाहिए।'

'भाग्य स्थिर होकर
कर्म के सहारे जीवन सँवारेगा,
याद रखना,
यही पाट तुम्हें
जीवन का सार बताएगा।'

और
आज मैं याद करके माँ की बात
भाग्य के पाट को ऊपर रखकर
कर्म के पाट को चलाता हूँ,
जीवन की चक्की के मर्म को
अक्षरों में ढालता जाता हूँ।

14.6.2020

□

मेहनत पर सभी का अधिकार

छह मास अथक मेहनत करके
माँ फसलों को तैयार करती थी,
फिर पकी फसलों को खेत से ही
अलग–अलग हिस्सों में भरती थी।

माँ अनाज की पहली भेंट
गाँव के भूम्याल[1] को चढ़ाती थी,
उफरैई देवी के मंदिर में
नए नवाण[2] अनाज का भोग लगाती थी।

हर फसल की खुशहाली का
भोग महादेव को चढ़ाती थी,
आभार जताने माँ स्वयं ही
महादेव के थान जाती थी।

ये हिस्सेदारी की सारी पोटलियाँ
मैं हर फसल में देखता था,
मिल–बाँटकर अन्न ग्रहण करना
माँ से ही सीखता था।

---

1. ग्राम देवता
2. नए अनाज की भेंट

असूज[1] में चूड़ों[2] की महक
पूरे घर को महकाया करती थी,
माँ एक मुट्ठी रोज मेरे
गले में लटकी पोटली में भरती थी।

तब भले ही जीवन
संघर्षों का एक रूप था,
किंतु हृदय में दया, दान और प्रकृति के
नियमों का भव्य स्वरूप था।

इसलिए,
जो कुछ भी उगता था अपनी मेहनत से
वह अतुल्य भंडार के समान था,
उदारता और परोपकारिता का
यह जीवन में सुंदर प्रमाण था।

फलस्वरूप,
मैं माँ को यह सब करता देख
उसके चेहरे को पढ़ता था,
मेहनत की चमक से
माँ के दमकते चेहरे पर
आत्मसंतुष्टि का भाव उभरता था।

22.6.2020

□

1. आश्विन मास
2. नई धान से बने पोहे

माँ! मेरी शक्ति...

आँखें बंद कर जब भी मैं
देवी माँ का ध्यान करता हूँ,
उभर आती है अनायास ही माँ की तसवीर
जिसे मैं रोज प्रणाम करता हूँ।

मैंने माँ को ही माँ भवानी के
विविध रूपों में पाया है,
उसी का दिया आशीष बना रहता
हर पल मेरा साया है।

माँ!
कभी तुम्हें हमारा पेट भरती
अन्नपूर्णा के रूप में देखा है,
कभी सरस्वती रूप में तुमसे ही
जीवन के संगीत को सीखा है।

माँ!
तुमने लक्ष्मी का रूप धरकर
हमारे दुःखों का शमन किया है,

तुम्हारे पुरुषार्थी व्यक्तित्व को मैंने
बार-बार नमन किया है।

माँ!

तुमने आदिशक्ति का स्वरूप लिये
प्रतिक्षण हमारी रक्षा की है,
अनुसूया सी मूरत में तुमने ही
अतुल्य वात्सल्य की दीक्षा दी है।

माँ!

दुनिया से लड़ते हुए सहसा
मैंने रणचंडी के रूप में भी तुम्हें पाया,
कोई आँच न आए हम सब पर
इस हेतु तुमने सौ कष्टों को पचाया।

माँ!

जीवन की पथरीली राह पर
मैंने जब-जब जख्म पाया,
तुम्हारी शक्ति ने ही
मेरे घायल मन पर मरहम लगाया।

माँ!

मैंने पल-पल तेरी शक्ति का
अदृश्य आवरण अपने चारों ओर पाया है,
इसी ने मुझे जिंदगी के तमाम थपेड़ों से
संकटों से और घातक जोखिमों से बचाया है।

23.6.2020

□

बस कुछ यूँ ही...

मैं अंकित करता जाता हूँ
मन में उपजे उद्गारों को,
अमिट कर देता हूँ कागज पर
हृदय में उमड़ते भावों को।

मेरा बचपन तमाम कठिनाइयों में भी
मुसकराता ही रहा है,
अभाव के कंटकों के मध्य गुलाब सा
सदा ही खिलखिलाता रहा है।

मैंने परवाह ही नहीं की कि पथरीली राहों पर
नंगे पाँव चलते हुए छाले पड़ेंगे,
विश्वास स्वयं का लेके मैं चला अपनी डगर पर
नहीं सोचा कभी कि लोग मुझे क्या कहेंगे ?

गाँव की पगडंडियों से निकलकर
जब शहर की सड़कों को देखा है,
तो सपाट सड़कों की आपाधापी में
जीवन के मूल्यों को सीखा है।

माँ गंगा के तट पर मैं
घंटों स्वयं से बातें करता रहा हूँ,
अपने जीवन के उद्देश्य को
स्वयं में खँगालता रहा हूँ।

जब भी मेरा मन व्यथित हुआ, विचलित हुआ,
तो चल पड़ा धारा के विपरीत
गंगा के किनारे-किनारे
एक ऐसे सफर पर
जिसका मुझे भी कोई भान न था।
कहाँ जाकर मिलेगी मेरी मंजिल
इसका कोई भी अनुमान न था।

जीवन में जब भी आई अस्थिरता
तब मैंने माँ गंगा के घर में
स्थिरता की शिक्षा के आँचल में
अपनी जिंदगी फिर से शुरू की है।

समय अबाध गति से बढ़ रहा था
मैं जिंदगी को हर छोर से पढ़ रहा था,
जितना भी समझ पाया अकेले में जीवन को
उसी से अपनी राहों को गढ़ रहा था।

स्वयं के बनाए रास्ते पर
फिर मेरा सफर प्रारंभ हुआ,
कभी-कभी मुश्किल घड़ियाँ आईं तो कभी
संकटों का दौर आरंभ हुआ।

अपनी जिंदगी को सदैव मैंने
ईश्वर का अनमोल उपहार माना है,
इसलिए संकटों की पराकाष्ठा में भी
जीवन से कभी हारना नहीं जाना है।

अतीत के पन्नों को जब भी
समय मिलते ही पलटता हूँ,
तो संघर्ष की गलियों में दो गुनी
ताकत के साथ टहलता हूँ।

मैं असीम वेदना के आर्त स्वरों को
जब भी गुनगुनाता हूँ,
तो उसके संगीत में
अपना धैर्य और संयम पाता हूँ।

मैं स्मरण मात्र से ही
अपनी माटी की सौंधी
खुशबू अपने चारों ओर पाता हूँ,
अपने आप को मैं
गाँव की मिट्टी में ही
रचा-बसा पाता हूँ।

24.6.2020

□

क़ोहरे की दौड़ और मेरा कौतूहल

हरी-भरी पहाड़ियों पर
यकायक कोहरे की चादर को
सरपट इधर-उधर दौड़ता देख
मैं कौतूहलवश पीछे-पीछे दौड़ पड़ता था।

मैं पकड़ना चाहता था
श्वेत रुई के जैसे उन फाहों को
जो स्वच्छंद प्रकृति के बीच
विचरण कर आनंद मनाते हैं।

मैं छूना चाहता था
उन नरम मखमली पहाड़ियों को
जो आँख-मिचौली खेलते इन फाहों के
स्वागत में बिछ गईं।

दौड़ती कोहरे में घुघती[1] की घुर-घुर
जब बहू-बेटियों को मायके का
पैगाम देती थी,
तो उस समय मेरी कलम
कागज पर खुदेड़[2] गीतों में रंग भरती थी।

---

1. कबूतर की तरह पहाड़ी पक्षी
2. मायके की याद में गाए जाने वाले कारूणिक गीत

बरसों पहले गाँव में
बीते बचपन की यादें
आज भी हर सावन में उमड़ आती हैं।

रिमझिम फुहारों में मेरी आँखें
बचपन को याद करके भीग जाती हैं।
फिर मेरा मन दौड़ पड़ता है
उन्हीं पहाड़ियों की ओर
और
खो जाता है रुई के फाहों में।

03.7.2020

□

वो चाँद की रोशनी में माँ की कहानी

पहाड़ी की ओट से उदित होता चाँद
अपने आसपास फैले प्रकाश से
आकाश के एक कोने को
आभामय कर देता है।

पूनम के चाँद को देख मुझे
मेरे गाँव की पहाड़ी पर उगते चाँद की याद आई,
जो आज भी उसी जगह, उसी अंदाज में आते हुए,
पेड़ों की ओट से लुका-छुपी खेलता होगा।

तब,
हर रोज हमें चाँद की प्रतीक्षा रहती थी,
इसलिए नहीं कि चाँद की खूबसूरती
आकर्षित करती थी
बल्कि इसलिए,
कि चाँद की रोशनी में माँ
सारे कामों को निबटाती थी।

हमारे लिए ये चाँद,
बड़ा ही रोचक होता था

पथ प्रकाश के साथ ही
समय का सूचक होता था।

इसकी गति के साथ-साथ
माँ कामों की गति बढ़ाती थी,
कैसे स्वयं को प्रकृति के अनुरूप रखना है
यह बात प्रकृति के अध्यायों में
रोज हमें पढ़ाती थी।

तब रोशनी के नाम पर,
दिन में सूरज और रात में चाँद हुआ करता था,
चीड़ के 'छीलों' से हमारा
पठन-पाठन चला करता था,
इसी के सहारे हमारा
चूल्हा जला करता था।

रोशनी के इन्हीं स्रोतों के आधार पर
माँ हमें घर के काम समझाती थी,
चाँद की रोशनी के सहारे कभी-कभी तो
जंगलों में भटकती गायों के भी माँ ढूँढ़ लाती थी।

चाँद और तारों के ओझल होने से पूर्व
दिन भर के लिए भोजन का प्रबंध करती थी,
चावल कूटना, गेहूँ पीसना
दूर मंगरे से पानी भर लिया करती थी।

तब,
परिस्थितियों को अनुकूल बनाने के लिए
माँ दिन-रात एक कर देती थी,

हमें साधकर हर चुनौती के लिए
तैयार किया करती थी।

इसलिए,
ये सूर्य, चाँद, तारे, पेड़-पौधे
पहाड़, झरने—मुझे वह सबकुछ याद दिलाते हैं,
जिनकी बदौलत माँ से हम
जीवन के संस्कारों को पाते थे।

आज,
यूँ ही नहीं हर बात पे माँ याद आती है
कुछ तो बात रही होगी तब की
जो पल-पल मुझे
बचपन की ओर खींच ले जाती है।
और सच कहूँ,
कभी-कभी तो बरबस,
माँ बहुत-बहुत याद आती है।

06.7.2020

□

माँ!

अकसर जो बात मुझे बेचैन करती है,
जो यकायक मुझे नींद से जगाती है।

माँ!

तुम्हारे अचानक चले जाने की पीड़ा,
वह स्मृति मुझे आज भी रुलाती है।

छज्जे से गिरकर
जब जमीन पर पड़ी होगी,
गहरी चोट में तुम कराही होगी।

माँ, अस्पताल में तुम्हें देख अनमना सा
मैं तुम्हारी आँख खुलने की प्रतीक्षा करता रहा,
तुम मुझे छोड़ नहीं सकती कभी
मेरा मन मुझसे हर पल कहता रहा।

तुम शांत रही कई दिनों तक
सिर्फ साँसें लेती रही,
मैं तड़पता रहा तुम्हारे लिए
किंतु तुम चुपचाप लेटी रही।

माँ, मैं जी भरकर
तुम्हारी आवाज सुनना चाहता था,
फिर से तुम्हारी वही
डाँट खाना चाहता था।

किंतु तुम तो खामोश होकर
मेरी छटपटाहट देखती रही,
और फिर बिना कुछ कहे
हमेशा के लिए खामोश हो गई।

माँ,
मेरा सपना अधूरा करके तुम
अपनी नई दुनिया में चली गई,
तुम्हारे चरणों में रहना चाहता था मैं
मेरी यह उम्मीद भी टूट गई।

माँ!
तुम्हारे संघर्ष का मैं
पल-पल साक्षी रहा हूँ,
तुम्हारी खामोशी में भी
पुरुषार्थी आवाज रहा हूँ।

सोचता था कि तुम्हें
अब दुनिया की सैर कराऊँगा,
सारी खुशियाँ तेरे
चरणों में लुटाऊँगा।

माँ!
तुमने जो जुनून, आदर्श और

जो पौरुष विरासत में हमारे लिए छोड़ दिए,
मैंने उन्हें अपना साथी बना
अपनी जिंदगी से जोड़ दिए।

माँ!

तुम्हारी सीख और तुम्हारा जीवन
हमेशा मेरा आदर्श रहा,
माँ, हर खुशियों में
मैं तुम्हें याद कर रहा।

08.7.2020

□

मेरी यादों की डायरी में माँ

माँ!

धुँधली सी कुछ यादों से
जब धुँधलाहट हटाने की कोशिश करता हूँ,
तुमसे जुड़ी हर बात को मैं
अपनी डायरी में सजा के रखता हूँ।

माँ!

मैं जिंदा रखना चाहता हूँ
हर उस क्षण को
जिसमें तुम्हारे संघर्ष की कहानी
मेरे लिए जीने की प्रेरणा बनी है।

मैं सँजोना चाहता हूँ
हर उस घटना को
जिसमें जोखिम की चुनौतियों ने
हमें जीवन का नया आयाम दिया।

माँ!

मैं भूल नहीं पाता

उन कष्ट के पलों को
जिनमें तुम हमें निखारने के लिए
क्या-क्या नहीं करती थी।

'जिंदगी जीने का नाम है'
इसे अपने ढंग से
जिया करती थी।

भीतर तो तुम जरूर टूट के
बिखरती रही होगी,
अपनी वेदना को चुपचाप
सहती रही होगी।

किंतु मैंने तुम्हारे चेहरे पर
हमेशा स्वाभिमान का तेज पाया है,
तुम्हारी वेदना के स्वरों ने बाहर आकर
जीवन का सार्थक गीत गाया है।

माँ!
जाने क्यों?
ऐसा लगता है कि तुम्हारे गीत
मेरे अंतस में कौंधते हैं।

उन्हें महसूस करते हुए
मैं आज भी कलम उठाता हूँ,
और कागज पर
उन्हीं को शब्दों में उतारता हूँ।

तुम्हारी स्मृतियाँ कभी विलग न हों
इस बात से डरता हूँ।

माँ! सुनो न!
    मैं तुम्हें हर रूप में, हर पल,
    याद करता हूँ।

08.7.2020

□

बचपन की खूँटी

माँ!

एकाकी संघर्ष में तेरे मन ने
कितनी वेदना सही होगी,
समझ सकता हूँ कि तुमने
अपनी पीड़ा किसी से न कही होगी।

माँ!

मुझे धूमिल सी कुछ याद है
जब डिंडाली[1] के कोने में
लकड़ी के जंगले में
मेरा पाँव बाँध तुम
काम पर चली जाती थी,
तब तुम्हारी मंशा
हमारी समझ में नहीं आती थी।

खूँटे से बँधे मैं और बहन
कभी खेलते-रोते, भूख से कुलबुलाते,
और फिर एक-दूसरे से लिपटकर
रोते-रोते ही सो जाते।

---

1. घर की पहली मंजिल में बरामदा

माँ!

मैं बहुत बाद में समझा कि ये कोई यातना नहीं
बल्कि सुरक्षा की एक पारंपरिक युक्ति थी,
एकुलांसी[1] जीवन जीते लोगों की
अपने बच्चों के लिए फिक्र थी।

माँ!

पसीने से तर-ब-तर जब तुम वापस आती थी
घास, लकड़ी का गट्ठर सिर से नीचे गिराती थी
तो मचल उठता था मैं तुम्हारे
आँचल में सुबकने के लिए।

तुम पल्लू से मुँह पोंछते
मुझे और बहन को बंधन से मुक्त करती,
सीने से लगा हमारा
माथा चूमती।

तब ऐसा लगता था कि जैसे
जन्मों बाद तुम्हें पाया हो,
तुमसे लिपटकर लगता कि
हमारे ऊपर ईश्वर का साया हो।

माँ!

आज भी तुम्हारी गोदी में
सिर रखकर सोने का अहसास जीवंत है,
पूरी दुनिया सिमटती थी तेरे आँचल में
यह अनुभूति मेरे साथ जीवन पर्यंत है।

---

1. एकाकी

इसलिए,

जब कभी अकेले में मन
उदास होता है,
तो आँखें मूँदते ही तुम्हारा चेहरा
मेरे पास होता है।
मैं पा लेता हूँ तुम्हें
और जीता हूँ तुम्हारे स्नेह और
प्यार के क्षणों को
हर पल··हर क्षण··।

09.7.2020

□

आँगन की लिपाई

गोबर-मिट्टी के घोल से
जब माँ के साथ मैं आँगन लीपता था,
छोटे-छोटे छेदों को भरकर
बस यूँ ही बहुत कुछ सीखता था।

नन्हे हाथों की उँगलियों के निशान
जब आँगन की पठाली[1] के
ओर-छोर पर पड़ते थे
तो उसमें कई आकृतियाँ उभरती थीं।

मैं बहुत देर तक उसी घेरे में
उँगलियों को फेरते
आड़ी-तिरछी रेखाओं में
भिन्न-भिन्न आकृतियाँ बनाता था।

कभी अपनी तर्जनी से
अक्षरों को पठाली पर उभारता,
तो कभी गोबर-मिट्टी के घोल की
छोटी-छोटी बूँदों से पठाली पर बिंदी लगाता।

---

1. घर के आँगन में बिछाई गई पत्थर की बड़ी-बड़ी स्लेटें

किसी पठाली पर अपना नाम
लिखता और फिर मिटाता था,
नए-नए ढंग से अपने नाम के
अक्षरों को खूब सजाता था।

माँ पूरा आँगन लीप लेती
और मैं एक जगह पर
मन के भावों की तरंगता को
धरती पर उकेरता।

माँ की जोर की आवाज
जब मेरे कानों को झंझोड़ती,
यकायक अपनी 'रचना की दुनिया' से
मेरी उँगलियाँ वर्तमान पर तेजी से फिरतीं।

सकपकाकर सपाट कर देता था,
उस छींटदार पठाली को
जिस पर मिट्टी के घोल को
टप-टप रखते हुए मैं,
स्वयं से स्वयं में नयापन लाता था।

उठ जाता था उस जगह से,
हाथ धो, उठाता अपने किताब के झोले को
चल पड़ता¨एकांत में
जहाँ मेरा मन फिर
सृजन के अक्षरों को सजाता था!
बस यूँ ही मैं सृजन के
नए-नए बीज उगाता था।

11.7.2020
□

खेतों में माँ और मैं¨

सीढ़ीनुमा खेतों की धारियों में
बैलों की जोड़ी को मैं
हाँक-हाँककर दौड़ाता था।

माँ, जो सिखाती थी गुर
हल चलाने के
मैं उनको पकड़ता था,
उसकी हाँक से मैं भी
बैलों के संग दौड़ता था।

अकेलेपन को मात देकर
माँ हल जोता करती थी,
अपने पुरुषार्थ पर भरोसा कर
वह धरती को उर्वरित करती थी।

मैं भी उस दिन उत्साह से भरा
माँ के साथ हल, काँधे पर रख चलता था,
खेत, खलिहान, इन पगडंडियों पर ही
तब का मेरा बचपन पलता था।
हल की स्यूं[1] से स्यूं मिलाते हुए

---

1. हल के द्वारा जमीन पर खोदी गई लकीर

मैं बैलों को हाँकता था,
उसी स्यूं में माँ के हाथों से
नया अनाज पड़ता था।

खेत जोतते वक्त जिस बात का मुझे
बेसब्री से इंतजार रहता था,
सूरज भी सिर के ऊपर जब
अपना तेज बरसाता था।

तब खेत के कोने में भीमल के पेड़ पर
पोटली में बँधी रोटी की
खुशबू मुझे बौरा देती थी,
खेत में बैठकर भोजन करने की जिद
मुझे सुबह से भूखा रखती थी।

माँ!
मिट्टी के ढेलों को फोड़ते–फोड़ते
भूख–प्यास को भुला देती,
लेकिन पोटली से आती प्याज के साग की खुशबू
मेरी भूख को और बढ़ा देती।

पसीने से तर बदन···
माँ के आँचल से पोंछ
खेत के ही कोने पर, खड़ीक[1] की घनी छाँव में
तिमले[2] के पत्तों पर माँ खाना परोसती।
तो मुझे दुनिया की सबसे बड़ी खुशी मिलती,
और खेत में रोटी खाने की मुराद पूरी होती
रोटी सब्जी और एक गिलास चाय से तृप्त होकर
मैं पुनः स्फूर्त हो खेत में 'जोल' के लिए तैयार होता।

---

1. पहाड़ के बड़ी प्रजाति का चारा वृक्ष
2. एक चौड़े पत्तों वाला वृक्ष

खेतों में खड़े बैलों की जोड़ी को
पीन्डा[1] खिलाता,
थके इन बेजुबानों को थोड़ा सहलाता।

जोल की हाँक माँ देती,
और मैं जोल की पाट में बैठ
खेत में सुहाने सफर के हिलोरे लेता।

चंद पलों में ढेलों से
उबड़-खाबड़ धरती
समतल, भुरभुरी और सुनहरी दिखती।

माँ, वहीं कुछ देर खेत को और
सजा-धजा देती,
मेरे बैलों की जोड़ी पास ही चरागाह में
घास चरने लगती।

और मैं उछलते-कूदते-दौड़ते हुए
अपनी किताब और कॉपी का झोला उठा
एकांत में आ जाता,
'सूरज सिर पर आ गया
अब घर चल' कुछ देर बाद ही
माँ का आदेश आता।

13.7.2020

□

1. बारीक अनाज को उबालकर जानवरों के लिए बनाया गया भोजन

गौशाला में मेरी हाजिरी

माँ मुझे अपने साथ
सूर्य की दस्तक से पहले उठाकर
गौशाला के दर्शन कराती थी,
गाय दुहती··· फिर गोठ, गुठ्यार की
सफाई मुझे सिखाती थी।

तब मैं खीझ जाता था अकसर
सुबह–सुबह आँख मूँदते यूँ
गाय–बछियों के कारण
अपनी नींद खराब होने से।

लेकिन माँ!
    उस पर तो कोई फर्क नहीं पड़ता था
    मेरे यूँ खिझियाने से,
    मैं पहले–पहल अलसाता
    फिर गाय की सेवा में जुट जाता।

गाय की गोठ यूँ साफ करता
मानो शाही आसन बिछाना हो,

गौशाला मेरे हिस्से का काम थी
चाहे सफाई हो या गाय को नहलाना हो।

मैं गोबर से सने हाथों की छाप
गौशाला की भीतरी दीवारों पर छापता,
सूखने पर उनमें भिन्न-भिन्न तरह की
मनभावन सी चित्रकारी करता।

गोबर निकालकर एक कोने में रखना
फिर उसे खेतों तक पहुँचाना,
यह माँ मुझे सौंपकर
जंगल चली जाती थी।

मेरे स्कूल जाने से पहले
एक कंडी गोबर खेत में पड़ जाती थी।
कंडी को हवा में लहराते
मैं दौड़ते-भागते घर आता,
और किताबों का झोला लेकर मैं
सरपट अपने स्कूल भागता।

आज मेरी गौशाला भले ही
नहीं है दुनिया में,
लेकिन उससे पाए संस्कारों को
लेकर बढ़ता हूँ मैं दुनिया में।

13.7.2020

□

बचपन के खेल

यारों संग बचपन की
अलमस्त जिंदगी
जहाँ गरीबी कभी लाचारी नहीं बनती थी,
अभाव कभी बाधा नहीं बने
और फटे कपड़ों ने कभी
शान–शौकत में
खलल नहीं डाली।

वो कभी न भूलनेवाले
बेहद खूबसूत दिन,
जब हम कागजों के एक नहीं
कई–कई जहाज उड़ाया करते थे।

कागज के जहाज पंख में मुँह से हवा भरकर
अल्हड़ दोस्तों के साथ जुगलबंदी किया करते थे,
तब चीड़ के पेड़ की तख्ती,
वो दिन रात बासुलू[1] से तैयार करते टायर
और सुबह होते दूर धारे से
ढलान पर सरपट दौड़ती गाड़ी में
जीवन का आनंद लेते थे।

---

1. कुल्हाड़ी का छोटा रूप

किसी सरिए को गोल बना
एक पहिये की गाड़ी
पूरे गाँव में घुमाते थे,
एक गाड़ी के पीछे सारे गाँव की
टोली को नचाते थे।

तब निशानेबाजी में हमारी कला का
कोई सानी नहीं था,
गाड़-गधेरों में हम निशाना भेदते
कभी पेड़ों से पके फल तोड़ते।

बारिश में अपने चौक में
इकट्ठा हुए पानी में
पानी के जहाज चलाते थे,
पुरानी कॉपियों के पन्नों को
इन्हीं की भेंट चढ़ाते थे।

धूल से सने बाल,
मिट्टी से लथपथ हाथ और भीगे कपड़ों में
तब बीमारी का नहीं
सिर्फ माँ का डर होता था।

डाँट-डपट से शुरू होतीं माँ की हिदायतें
डंडे की थाप पर बंद होती थीं।
कुछ देर रोते-रोते सो जाना
दिन भर की थकान मिटाना
फिर से यारों की धादें[1] शुरू हो जाती थीं।

---

1. जोर-जोर से आवाज देना

और,

चल पड़ता था नींद से जगा बचपन
पूरी दुनिया को
अपनी मुट्ठी में भर लाने को
दौड़ता था आँखों में उभरते
अपने सपने सजाने को।

14.7.2020

□

सावन में माँ

माँ!
आज इस बरसते सावन में
कमरे के भीतर बैठा हुआ मैं
अपने गाँव की याद करता हूँ।

छज्जे में खड़े होकर
पठाली[1] से गिरती बारिश की पनधारी[2] को
हथेली में भरने के उल्लास को
सच कहूँ माँ!
आज भी महसूस करता हूँ।

घनघोर बारिश में कोहरे से
ढके आवरण में जब
हाथ को हाथ नजर नहीं आता था,
मेरा मन यकायक सहम जाता
और मैं तुमसे लिपट जाता था।

तुम मुझे घर में ही रहने को कहती
घने कोहरे को चीरते हुए घास लेने
जंगल को निकल जाती थी,
मैं तुम्हारी फिक्र में छज्जे पर खड़ा
टकटकी लगाए रहता था।

---

1. ढालदार छत पर विछाई गई काले पत्थरों की स्लेट
2. बारिश के समय छत से टपकती पानी की धार

और तुम कुछ ही देर में
घास ले भी आती थी और
फिर गागर उठा पंदेरे की
ओर बढ़ जाती थी।

माँ!
बाहर तेज बारिश होती देख
मैं अपने कमरे में टहल रहा हूँ,
इस झर-झर बरसते सावन में
तेरे पुरुषार्थ को पल-पल
याद कर रहा हूँ।

माँ!
तुम्हारी दिनचर्या पर
घनघोर वर्षा, बर्फबारी और चिलचिलाती धूप का
कभी कोई असर नहीं हुआ।

तुम अंधड़, बारिश, धूप, बर्फ में
एक समान स्वभाव से कर्म करती रही,
निपट एकाकी राह में भी
पुरुषार्थ की रचना करती रही।
इस झनाझन बरसते सावन में
तुम्हारे पढ़ाए पुरुषार्थ के पाठ को,
तुम्हारी छवि के साथ याद कर रहा हूँ मैं!

14.7.2020
□

श्रावण संक्रांति

झुणमुणाती[1] बरखा की बूँदें
पहाड़ी पर धुएँ की तरह
फैलती–सिमटती कोहरे की चादरें
भरी दुपहरी में भी घुप्प अँधेरी
और बरसते सौण[2] की तमाम यादें
मुझे आज भी
कल ही की बातें लगती हैं।

चौक में बारिश के पानी में उठते बुलबुलों से
माँ समझ जाती थी कि 'सगर[3]' पड़ गए,
दिन–रात अनवरत जारी बारिश में भी
माँ के कदम जंगल की ओर बढ़ गए।

टाट–बोरी की बरसाती बना माँ
नंगे पाँव और गाय–बछियों की सेवा में लगी रहती,
छज्जे से टुकुर–टुकुर देखता था मैं!
बारिश में भीगने को आतुर, पर माँ की

---

1. मोतियों की माला की तरह दिखती बारिश की बूँदें
2. श्रावण मास
3. बारिश के दिन

घूरती आँखें मुझे बहुत कुछ कहतीं।
गाड़-गधेरों[1] के सुंस्याट[2] रात भर
आँखों की नींद हर लेते थे,
छत की पठालियों से रिसती पणधार
हमारे डेगची और पतीले भर देते थे।

जंगलों में बहू-बेटियों के खुदेड़ गीत सुन
आसमान और जोर से बरसता था,
शायद धरती से मिलने के लिए
वो भी महीनों तक तरसता था।

मैं स्कूल जाने के लिए
माँ से खूब जिद करता था,
और माँ की मनाही पर भी
भरी बरसात में स्कूल के लिए डग भरता था।

रौला-गधेरों[3] की भयावहता
सभी को विचलित करती थी,
मैं कहीं बह न जाऊँ
प्रचंड चिंघाड़ते गधेरों में
माँ इसलिए जाने को 'ना' करती थी।

लेकिन मैं,
    एक नहीं, कई बार गधेरों को पार करते हुए
    बस्ते सहित बह जाता था,

1. वर्षाती नदियाँ व नाले
2. वर्षाती नदियों व नालों की आवाजें
3. पहाड़ी घाटियों में बहती जलधाराएँ

ईश्वर की न जाने क्या कृपा थी मुझ पर
दूर जाकर मैं किनारे लग जाता था।

ये गधेरे हमारे अपने हैं
मुझे बहने नहीं देंगे,
यही सोच मैं रोज लाँघ के
गधेरा पार करता था,
उस भयावहता और रौद्र रूप से
कभी नहीं डरता था।

मेरी इसी जिद के कारण
कई बार माँ से मेरी ठन जाती थी,
माँ को मनाने के लिए
मैं काम पर जुटता था,
कुछ देर रूठने पर
माँ फिर मान जाती थी।

16.7.2020

□

अरसों की मिठास

गाँव में विवाहोत्सव एक नहीं
बल्कि कई दिन पूर्व से चलता था,
कभी राशन सराई, चावल कुटाई
लकड़ी सराई का सिलसिला लगा रहता था।

तब गाँव में धियाड़ी पर नहीं
बल्कि सहयोग से काम होता था,
एक–दूसरे का हाथ बँटाकर
सामाजिक कार्य भी निबटता था।

बचपन में हमें इंतजार रहता
'कल्यो[1]' बनाने के दिन का
अरसे, रोट, स्वाल[2], पकौड़ी की खुशबू से
तब पूरा गाँव महक उठता था।

सुबह–सुबह घर–घर में भीगे चावल
कूटने को दिए जाते,
गिंजालों[3] की जुगलबंदी से
चौक घमघमाते।

---

1. नाश्ता
2. पहाड़ी व्यंजन
3. पत्थर की ओखली में कूटने वाली लकड़ी की लंबी मूसल

हम कभी इस चौक तो कभी उस चौक
टोली बना–बना घूमते,
तिल–गुड़ की थाली जहाँ दिखती
उसकी आस में वहीं जा टपकते।

दिन चढ़ने तक 'पीठू[1]' तैयार हो जाता,
अरसे बनाने के लिए
चूल्हा भी जल जाता।

हम चौक के किनारे
अरसों के इंतजार में टकटकी लगाते थे,
भीड़ और शोर देख बूढ़ी महिलाएँ और पुरुष
हमें धमकाकर दूर भगाते थे।

दौड़–भागकर हम क्षण भर बाद
फिर उसी जगह आ ठहरते थे,
कल्यों[2] की खुशबू में हम
खूब महकते थे।

काकी, ताई, भाभी, बुआ
खिलखिलाते, बतियाते शगुन के गीत गाती,
कभी बूढ़ी दादी की ठिठोली कर
उसे खूब नचाती।

अरसों[3] की पहली घाण[4] निकालते ही
अग्नि को, पितृ देवों को, भूम्यालों को चढ़ाते,
उसके बाद की घाण के
एक–एक अरसा हमारे हिस्से आते।

---

1. गीले चावल को कूटकर बनाया गया आटा
2. विवाह के अवसर पर बनाए जाने वाले मीठे व्यंजन
3. चावल के आटे से बना मीठा व्यंजन
4. खेप

उछल पड़ते हम अरसों की मिठास पाके
मानो बरसों की कोई मुराद पूरी हुई हो,
झूम उठते, दौड़ते गाँव में कौतूहलवश
मानो जिंदगी की बस यही इच्छा शेष रही हो।

साँझ को तिमले के पत्ते में लिपटी
स्वांली[1], उड़द की पकौड़ी और अरसे
घर-घर में बँटा करते थे,
शादी के शगुन इस तरह सभी के घर पहुँचते थे।

गाँव में शादी-ब्याह की रौनक
हर घर में दिखती थी,
वो शादी एक परिवार की नहीं
बल्कि प्रत्येक की जिम्मेदारी थी।

इसलिए,
आपसी प्रेम, सहयोग, लाड़-दुलार को
हम हर एक की नजरों में देखते थे,
इस उत्साह, उमंग, हँसी-ठिठोली को
हम अपने अंतस में सहेजते थे।
माँ बताती,
जब गाँव में सब मिल-जुलकर रहते हैं,
एक-दूसरे के सुख-दुःख में काम आते हैं,
इसे ही 'भयात[2]' कहते हैं।

18.7.2020

□

---

1. मीठी पूरी
2. भाईचारा

जोखिम में जिंदगी

उस दिन गाँव में खुसर-फुसर हो रही थी
देखते-ही-देखते अफरा-तफरी मची हुई थी,
पुरुषों की टोली जंगलों की ओर भागी
गाँव में जाने कैसी अनहोनी हुई थी।

मैं भी बेचैन कई साथियों संग
जंगल की ओर बढ़ने लगा,
उस ओर जाना तो मना है रे!
मेरा एक साथी कहने लगा।

क्यों ? क्या हुआ है ?
क्यों वहाँ जाने की मनाही है ?
अफरा-तफरी ऐसी क्यों मची ?
ऐसी कौन सी आफत आई ?

वो बोला! घास काटते हुए आज
कोई पहाड़ी से गिर गई,
सुनने में आ रहा है
शायद वो महिला मर गई।

मैं हो गया सुन्न, बहुत घबराया
मन अधिक बेचैन हो गया,
माँ भी तो जंगल ही गई थी
सोच के पागल सा हो गया।

मैं बदहवास, नंगे पैर ही
माँ को ढूँढ़ने जंगल की ओर दौड़ा,
'अरे मत जा! 'मसाण' हर लेगा तुझे'
वही साथी फिर बोला।

'मेरी माँ भी जंगल गई थी
उसने सुबह रोटी भी नहीं खाई थी,
आधे रास्ते मुझे लेने आना
ऐसा कहकर वो घास को गई थी।'

मैं दूर तक डरते-घबराते
बुरे-बुरे खयालों से घिरा दौड़ता रहा,
तभी दूर से 'धाद' सुन
मैं जहाँ था, वहीं रुक गया।

कुछ लोग अपने काँधे पर लिटाए
किसी को ला रहे थे,
उनके पास आते-आते
मेरे हाथ-पैर सुन्न पड़ते जा रहे थे।

कुछ ही दूर से जब मैंने
माँ को उनके पीछे चलते पाया,

यकायक फफक पड़ा मैं
उस ईश्वर को
मैंने शीश झुकाया।

महिलाओं के क्रंदन से
आसमान भी खूब जोर से रोने लगा,
क्या हुआ होगा, कैसे गिरी होगी
मैं मन-ही-मन सोचने लगा।

घर आते ही अपनी माँ से लिपट
मैं खूब रोया,
माँ ने पुचकारा, दुलारा···
मेरा हाथ-मुँह धोया।

'माँ! तुम अब कभी जंगल नहीं जाओगी,
पास के खेतों से ही गाय के लिए घास लाओगी,
माँ! मैं जी नहीं सकूँगा बिन तुम्हारे
कहो न! कभी हमें छोड़कर तो नहीं जाओगी।'

माँ ने प्यार से मेरा माथा चूमकर
मुझे खूब दुलारा,
कहा, 'कोई किसी के पीछे
आज तक नहीं मरा···।'

'माँ! चुप करो, ये सब मत कहो,
जोखिमों में जंगलों की जिद मत करो।'

मेरी नादानी देख
माँ मुसकरा गई,

उसकी मुसकान मुझे भी
समझ आ गई··· ।
वो जीवन के हिस्सों से अलग
नहीं हो सकती थी,
बिना गाय, बछिया, जंगलों के
माँ जीवन नहीं जी सकती थी।

लेकिन मैं,
घर, मवेशियों, जंगलों के लिए
'शहीद' होती नारियों के लिए डर जाता था,
उनके बिलखते परिवार और
दुधमुँहे बच्चों को देख
मैं स्तब्ध हो जाता था।

और मेरी माँ···
वो फिर मशगूल हो जाती थी अपनी
रोजमर्रा की जिंदगी में···
अपने खेत–खलिहान में,
घनघोर जंगलों में होनेवाले
जिंदगी के इम्तिहान में।

19.7.2020

□

मेरी भूरी

माँ उस रात घर के निचले हिस्से में
कई बार हो आई थी,
आँखों में कटती उस रात में
मुझे भी नींद नहीं आई थी।

सुबह हुरबुरे[1] में माँ ने
मुझे आवाज लगाई,
सर्दियों की कड़कड़ाती ठंड में
मैंने चूल्हे में आग जलाई।

माँ बोली, भगवान् की कृपा से
सब ठीक हो गया,
रात भर दर्द में तड़पती गाय को
सुंदर सा बछड़ा हो गया।

मैं उत्सुक हो गया
नए मेहमान के आने से,
उछल पड़ा, मस्ती में झूम गया
अपने प्यारे से बछड़े को पाने से।

---

1. अरुणिमा से पूर्व

मैंने देखा,
उसकी माँ अपनी ओट में उसे
चाट-चाटकर प्यार कर रही थी,
उस नन्ही सी जान को मेरी माँ भी
कपड़े से साफ कर रही थी।

धूप की उजली किरण में
मैं उसे बाहर लाया
तो देखा कि
सुनहरे रंग की बेहद कोमल बछिया ने
नया संसार पाया।

उसकी चमकती आँखें
कितनी खूबसूरत लगती थीं,
छोटे-छोटे कानों की जोड़ी सिर पर
खूब सजती थी।

मैं प्यार से उसे 'भूरी' पुकारता था,
उसके साथ खेलता,
उसे खूब दुलारता था।

अब भूरी और मैं अच्छे दोस्त बन गए थे,
दोनों एक-दूसरे के भाव समझ रहे थे।
गाय को दूध दो हिस्सों में बाँटना स्वीकार था,
एक हिस्सा भूरी का
तो दूजे पर मेरा अधिकार था।
माँ कहती थी,
'जानवरों में जुबान नहीं होती

दिल, दिमाग और भाव होता है
हमारी तरह ही इनका भी दुःख-दर्द
और स्वभाव होता है।'

मैं अधिकांश समय
भूरी के साथ बिताता था,
अपनी अच्छी-बुरी सब बातें
भूरी को सुनाता था।

एक आत्मीयता के भाव ने
हम दोनों को बाँध दिया था,
उसके अनन्य प्रेम ने मेरी समर्पण की
सीमा को लाँघ दिया था।
आज भी मेरी 'भूरी'
मेरी यादों में अमर है,
जानता हूँ, फिर नहीं मिलेगी 'भूरी'
पर मिलने की लालसा तो
हर पल मन में अजर है।

20.7.2020

□

गाँव की बात

असूज[1] के महीनों में
धान की सौंधी खुशबू से गाँव महक जाता था,
सीढ़ीनुमा गाँव का खेत
धान के 'कुनको[2]' से सज जाता था।

सुबह होने से पहले मंडाई कर
ले आते थे अनाज की बोरियाँ,
च्यूड़े, खाजों[3] से भर जाती थीं
हमारी झोलियाँ।

कातिग में बग्वाल की रौंस[4]
कई दिनों तक छाई रहती,
माँ-बहनें झूमेला-चौंफला[5] गीतों से
एक-दूसरे को बधाई देतीं।

---

1. आश्विन मास
2. धान की फसल को काटकर सुखाने के लिए गोल आकृति में रखाना
3. नई धान को भूनकर बनाए गए पोहे
4. दीपावली का उत्साह
5. उत्तराखंड के लोकगीत एवं लोकनृत्य

देर रात तक लगते मंडाण[1]
धूलि-धुयाण[2] से देवताओं का पूजन होता,
ढोल-दमौ भंकोरियों[3] की नाद से
भक्तिमय गुंजन होता।

मेलजोल, प्रेम पयाणू[4]
गाँव का अभिन्न हिस्सा थी,
खुदेड़ धियाणी की ससुराल विदाई
बेहद मार्मिक किस्सा थी।

साल भर के उमड़ते बार-त्योहार
जीवन में नया संचार करते थे,
मेलों-कौथिगों[5] में अपनों से
आत्मीय भाव से मिलकर प्यार करते थे।

सुख-दुःख में गाँव की एकजुटता
एक परिवार का अहसास कराती थी,
बड़े-बुजुर्गों की छाया में
सुरक्षा का भाव दिलाती थी।

माँ कहती थी
गाँव-समाज का भी
एक कायदा है,
इसमें सुख-दुःख सब आपस
में बाँटते हैं, यह फायदा है।

22.7.2020

□

---

1. पहाड़ी वाद्ययंत्र ढोल-दमाऊँ के साथ नृत्य का आयोजन
2. अगारों में घी डालकर देवपूजन
3. उत्तराखंड के वाद्ययंत्र एवं ताँबे का फूँक वाद्ययंत्र
4. प्रेमपूर्वक आस-पड़ोस में मिठाई बाँटना
5. पहाड़ में अनेक अवसरों पर लगने वाले मेले

खूबसूरत यादें

सुरम्य पहाड़ी की गोदी में खूबसूरत
सीढ़ीनुमा खेतों के बीच
बसा मेरा गाँव
मुझे रोज याद आता है।

याद आती है हमजोलियों की वो टोलियाँ
जिनमें हम ककड़ी, मुंगरी चुराकर
बचपन को भरपूर जीते थे।

वो गाड़-गधेरे, छोया-पंदेरे
जिनका मीठा पानी
अपनी अँजुलियों में भर-भरकर पीते थे।

वो कड़कड़ाती सर्दी की ठिठुरन
काँच सी बर्फ की जकड़न
ठंडी हवा की तीखी चुभन
माँ के गुनगुने आँचल में
सिमटकर दूर होती थी।
वो बारह महीनों के त्योहार

मेले–कौथिगों में उल्लार[1]
उमंग और अपनत्व की मिठास
वहाँ भरपूर होती थी।

मैं आज भी दौड़कर पहुँचना चाहता हूँ
उन पगडंडियों पर
जहाँ नंगे पैर चलते हुए
छाले पड़ जाते थे।

तपते गारों की जलन और
कभी बर्फ की सिल्लियों पर
पैर अकड़ जाते थे।

मैं बतियाना चाहता हूँ
हिंलास, घुघुती और घिंदुड़ी से
क्या आज भी वे वैसी ही
खुदेड़ राग सुनाती हैं!

कागज से बने पानी के जहाजों
और आसमान की ओर दागते
जहाजों की यादें आती हैं।

आँगन में इकट्ठा बारिश के पानी को
फिर से छपाक छपकाना चाहता हूँ,
भीगने पर माँ की डाँट
फिर से खाना चाहता हूँ।

---

1. हर्ष की लहर

'बग्वाल' में बैलों के सींगों पर
तेल लगा, पींडा खिलाना चाहता हूँ,
गायों के गले में फूलमाला सजा
ऐसी दीवाली मनाना चाहता हूँ।

बसंत पंचमी में जौ के पौधों को
अपनी चौखटी के ऊपर सजाना चाहता हूँ,
मैं फिर से अपने बचपन में
लौट आना चाहता हूँ।
बचपन में मिली कठिनाइयों का
आलिंगन करना चाहता हूँ,
जिनकी बदौलत मेरा 'मन' जिंदा रहा
उस संघर्ष को बाँहों में भरना चाहता हूँ।

22.7.2020

□

वास्तविक सुख

माँ अकसर कहती थी,
'मन लगाकर मेहनत करो'
अपनी मेहनत का तो
पसीना भी अच्छा लगता है।

एक-एक क्षण तुम्हारी मेहनत का
आकलन ईश्वर भी करता है।

वो देखता है तुम्हें हर पल
परखता है तुम्हें हर कदम पर,
कराएगा कष्टों से सामना तुम्हारा
ले जाएगा तुम्हें कठिनतम डगर पर।

वहाँ छल, कपट, दिखावा
क्षण भर में धूल हो जाते हैं,
अपनी मेहनत के सहारे बढ़ते हैं जो
उनको रास्तों के छोर मिल जाते हैं।

तब,

मंजिल के शिखर पर खड़ी तुम्हें
मेहनत मुसकराती नजर आएगी,

उससे मिली अनमोल खुशी
चारों ओर बिखर जाएगी।

तब तुम याद करना कि
माँ सही कहती थी,
मेहनत से मिले सुख को
असली सुख बताया करती थी।

22.7.2020
□

निस्स्वार्थ मदद

साँझ के धुँधलके में उस दिन
फटी धोती के पल्लू को मुँह में दबाए,
वो माँ को हाथ जोड़कर
कुछ माँग रही थी।

उसे ढाढ़स बँधाकर माँ
भीतर आई,
लकड़ी के संदूक में
रखी अपनी पोटली खोली
जो भी था उस पोटली में
उस महिला को दे आई।

वो माँ के पैरों में पड़ गई,
कई बार चूमा उसने आँगन को
फिर तेजी से अपने घर गई।

मैं जो भी समझा, वह यह
कि माँ ने दूध के मिले पैसों को
उस महिला को दे दिया।
पर अब मेरी स्कूल की फीस का क्या होगा?
मैं इसी सोच में डूब गया।

मैंने माँ से इस दरियादिली का कारण पूछा,
खुद फटी धोती में बरसों बिता दिए
ऐसी गरीबी में तुम्हें
उसकी मदद करने का यह क्या सूझा?

माँ चूल्हे में सेंकती रोटियों को
टोकरी में रख, मुझसे कहने लगी,
मदद भी 'भग्यानों' से ही हो सकती है
कहते ही माँ की आँखों से अश्रुधार बहने लगी।

बेटे की बीमारी के इलाज के लिए
गाँव भर में फिरी थी···
नहीं मिला जब कहीं आसरा
तब वो मेरे आँगन गिरी थी।

भर आया कलेजा मेरा
उसकी आपबीती सुनकर
दिल को यह बात खटकी थी,
मौत के मुँह में खड़े बेटे के खातिर
वो अबला जाने कहाँ-कहाँ भटकी थी।

सुन रमेश!

हम थोड़े में भी जी सकते हैं
न मिले भोजन, बस पानी भी पी सकते हैं,
पर मौत की शैय्या पर लेटे किसी बेटे की
बेकदरी हम यूँ नहीं कर सकते हैं।

इसलिए!

जो कुछ मैं संचित कर सकी
एक जिंदगी के लिए अर्पित कर दिया,
एक लाचार बेबस माँ की मदद कर
यह भाव ईश्वर को समर्पित कर दिया।

हो सकता है यह मदद
उसके आँगन में खुशियाँ भर दे,
मेरी सामर्थ्य में जो भी था
क्या पता यही उसे नई जिंदगी दे दे।

इसलिए!

किसी जरूरतमंद की मदद के लिए
हमेशा हाथ बढ़ाना,
ईश्वर की दी हुई इस सामर्थ्य का
सदैव मान बढ़ाना।

बिना किसी से कहे···
बिना दिखावे के हमेशा मदद करना,
किसी असहाय को सरेआम
निराश कभी न करना।

तो···

महसूस करना तुम 'आत्मसंतुष्टि' को
जो तुम्हें दुनिया भर में किसी भी
कीमत पर नहीं मिलेगी,
भरना अपने मन में
उस भाव को जिसमें
'संतुष्टि' सदा अमिट खिलेगी।

22.7.2020 □

सत्य हारता नहीं है

माँ, जिसने
        सदैव सच को अंगीकार किया
        सच, गरीब था, निपट अभाव में था
        किंतु माँ ने उसे सहर्ष स्वीकार किया।
माँ रोज मुझे सच का 'सच' समझाती थी।
सत्य के लिए मरने-मिटने वालों की
कहानियाँ सुनाती थी।

माँ कहती थी कि,
        हर वक्त आसान नहीं सत्य कहना,
        और उससे भी अधिक कठिन है
        हर वक्त, हर परिस्थिति में सत्य को सुनना।

क्योंकि कई बार तो सत्य का
स्वाद कड़वा और रूप डरावना होता है,
सत्य के पथ पर कई बार इनसान
चुभते शूलों से बिंधकर रोता है।

किंतु सत्य की शाश्वतता ने
तमाम परेशानियों में धैर्य नहीं खोया,
भले ही झूठ के आडंबरों में
इनसान कई बार रोया।

माँ कहती थी देर से ही
किंतु सत्य प्रकाश में आता ही है,
परेशान भले ही होता है,
किंतु सत्य हारता नहीं
विजय पाता ही है।

22.7.2020

□

पूत सपूत तो क्यों धन-संचय

माँ का बहुत ही सात्त्विक, आस्तिक
और संतोषी स्वभाव था,
उसके चेहरे पर गरीबी की मार का
कोई प्रभाव न था।

वह रोज कहती थी कि
मेरी पूँजी मेरे बच्चों की मुसकान है,
खून-पसीने से सींचे गए हैं जो
यही मेरा अभिमान है।

माँ कहती थी कि
संस्कारों की पाठशाला में हमारी
गरीबी कभी आड़े नहीं आई,
लगन, मेहनत और एकाग्रता की बात
रोज माँ ने ही हमें समझाई।

माँ हर साँझ को चूल्हे पर ही
भोजन बनाते हुए हमें समझाती,
अच्छे-बुरे का भान सिखाती
विनम्रता को हमारा आभूषण बनाती।

तब माँ से कोई पूछता कि
जितना भी धन जुटा पाती हो,
उतना तो मदद में लगाती हो?
कहाँ से परवरिश हो पाती है इनकी?
कैसे इन्हें भोजन कराती हो?

माँ ने मुसकाते हुए जो बात कही थी,
वह बात मेरे मन को छू गई।
कहने लगी कि,
'पूत सपूत को क्यों धन-संचय?
पूत कपूत तो क्यों धन-संचय?'

मैं अवाक् भीतर खिड़की से
माँ को सुनता रहा,
क्या आशाएँ हैं उसकी
उसका मनन करता रहा।

जाने-अनजाने ही सही
पर माँ हकीकत कह गई थी,
माँ हमारे जीवन में संस्कार के रास्तों की
मजबूत नींव रख रही थी।

23.7.2020
□

मेरी गुल्लक और काला नाग

लोहे के छोटे से डिब्बे में समाया
मेरा बचपन का खजाना
जिसमें बचत के सिक्के
मैं खूब खनकाया करता था।

गाँव के नीचे, खेत की ऊपरी
मेंड़ पर छिपाया करता था,
दिन में दो बार अपनी गुल्लक से
दो–चार बातें कर आता था।

सबसे छुपाकर मैं सुरक्षित रखता था उसे
अपने हाथ में ले सहलाता उसे,
खोलता, बंद करता, खनकाता और फिर
प्यार से उसी जगह रख आता उसे।

आते–जाते रिश्तेदार पकड़ाते थे
एक पैसा, दो पैसा,
चाँदी से चमकते उन सिक्कों को
मैं सँभालता था बेशकीमती जागीर जैसा।

एक रोज मैं मिलने चला आया
अपनी साथी गुल्लक को हमेशा की तरह,
मेंड़ में हाथ डालते ही मुझे गुदगुदा सा लगा
कुछ मांसल की तरह।

मेरा हाथ झटके से बाहर निकला
घबराया सा मैं दूर भाग आया,
दूर से पलटकर देखा तो
उस जगह से निकलता काला नाग पाया।

तेजी से सरकते हुए वो
जाने कहाँ चला गया,
उसकी दहशत में मेरा शरीर
अनायास ही सुन्न हो गया।

मैं स्तब्ध···एक ही जगह
जड़ सा हो गया,
मैं जिंदा तो हूँ न ?
मुझे स्वयं पर संदेह हो गया।

ठिठुरती पूस की साँझ में भी
मैं पसीने से तर–ब–तर था,
धम्म से बैठ गया वहीं
अभी तक उस काले सर्प का डर था।

अपनी हथेलियों से मुँह पोंछकर
मुझे प्राणों का अहसास हुआ,

आज ईश्वर ने बचा लिया था
इस बात का विश्वास हुआ।

बचपन मेरा ऐसे कितने ही
जोखिमों से बच आया है,
जब मौत के बहुत करीब स्वयं को
मैंने अकसर पाया है।
उन क्षणों में मुझे सच कहूँ,
भगवान् से भी पहले
सिर्फ और सिर्फ
मेरी माँ का आँचल ही याद आया है!

24.7.2020

□

हिमपात की दुश्वारियाँ और

माँ का आँचल
माँ!
याद है पूस मौ[1] के ठिठुराते दिन
जब हिमपात शुरू होते ही
हम घर में दुबक जाते थे।

पूरी रात भर सफेद फाहों की बारिश
पूरे गाँव को डुबो देती थी,
सोने से पहले सिरहाने रखते थे हम
बेल्चा, फावड़ा, जिनकी जरूरत सुबह पड़ती थी।

बर्फ से पटे किवाड़ों को
फावड़ों की चोटों से खोल पाते थे,
डिंडाली से ओबरा तक सीढ़ियों की
बर्फ काटकर रास्ता बनाते थे।

आफत के इस हिमपात में
चारों ओर हिम-ही-हिम नजर आता था,
भाँडे, बरतन,
धारों-गधेरों में पानी भी जम जाता था।

---

1. माघ मास

तब,
पतीली में बर्फ डालकर
पीने के लिए आग में गलाते थे,
इस पानी को ही खुद पीते
और गाय-बछियों को भी पिलाते थे।

काँच की तरह जमी हुई बर्फ में
कई बार छज्जे से फिसलकर नीचे आँगन में गिरता,
ईश्वर की ही कृपा थी कि
गिरते-पड़ते भी सुरक्षित रहता।

माँ!
माँ के चेहरे पर उभर आई
चिंता की रेखाएँ
मेरी समझ में आती थीं,
गाय-बछियों के दाने-पाने की
चिंता माँ को रोज सताती थी।

आग की ताप से पिघलती बर्फ
पठाली, दार से रिसकर जब
घर में भीतर टपकती थी,
तुम्हारे माथे में तब
चिंता की लकीरें उभरती थीं।

लेकिन,
मैं तुम्हारे आँचल में सिमटकर
स्वयं को सुरक्षित महसूस करता था,

बर्फ से पटे आँगन और टपकती छतों से
तेरे वात्सल्य में तनिक भी फर्क नहीं पड़ता था।

बस यही तो चाहता था कि
जीवन भर मैं तेरी पनाहों में रहूँ,
हिमपात हो या ओलावृष्टि या बरसते पानी में
हर पल तेरे आँचल में छुपकर रहूँ...।

25.7.2020

□

आठवीं का बोर्ड

तब वो दौर था
जब आसपास नजदीक कहीं
विद्यालय नहीं हुआ करते थे,
आठवीं बोर्ड के लिए मीलों दूर चलकर
बच्चे दूसरे गाँव जाया करते थे।

मैं और मेरा एक साथी
निकल पड़े परीक्षा का ठौर ढूँढ़ने,
झोले में कॉपी-किताबें लेकर
फटी चप्पलों में ही मंजिल तलाशने।

माँ ने 'कल्यो रोटी[1]' की पोटली देते हुए
दही-हल्दी का टीका लगाया,
दोनों सफल रहेंगे अपने 'मिशन' में
यह आश्वस्त कराया।

माँ के चरणों की धूलि ले और
आशीर्वाद माँगकर,
हम दोनों परीक्षा केंद्र पहुँचे
गाड़-गधेरों और घनघोर जंगलों को लाँघकर;

---

1. नाश्ता

जहाँ पास ही घोड़ों का एक अस्तबल
हमारे रहने का ठिकाना था,
घोड़े की लीद से अटा पड़ा फर्श
बदबू वहाँ इतनी कि मन हुआ 'भागना था'।

लेकिन 'मजबूरी' अकसर
हर चुनौती स्वीकार कर लेती है,
पथरीले रास्तों को नंगे पैरों ही
पार कर लेती है।

इसलिए,
बिना किसी शिकवे-शिकायत के
हमने उस कमरे को रहने लायक बनाया,
दिन भर साफ-सफाई के बाद
तन-बदन को चकनाचूर कर खूब थकाया।

किंतु,
अगले दिन परीक्षा की चिंता ने
हमें सारी रात जगाए रखा,
चिमनी की लौ में ही मुझे
सुबह का सूरज दिखा!

परीक्षा के लिए निकलते ही
मुझे बरबस माँ याद आई,
जो दही-हल्दी का टीका लगा
रोज करती थी मेरी विदाई।

मैंने आँखें बंद कर अपने माथे पर
माँ की उँगली का स्पर्श अनुभव किया,
माँ तो हर पल मेरे साथ ही होती है
मेरे मन ने प्रतिक्षण ये विश्वास किया।

27.7.2020 □

रामलीला

कितना उत्साह, कितनी आतुरता रहती थी,
जब जून के महीने गाँव में
रामलीला होती थी।

पूरे गाँव की सहभागिता
और ग्यारह दिनों का मंचन
रामभक्ति के लिए गाँव के अटूट
प्रेम का प्रतीक था।

राम की वानर सेना के लिए
मैं भी उत्सुक रहता था,
लाल रंग से मुँह पोतकर
हाथ में कपड़ों से ठुँसा गदा ले लेता था।

रात में रामलीला और
दिन में जंगलों में कलाकारों की नकल कर
हम बाल रामलीला आयोजित करते थे,
गत्तों को काट-काटकर
मुकुट और ताज बनाते थे।
कोयलों को पीस-पीस कर

काजल और मूँछ बनाते,
'पराल' को मोड़कर
बंदरों की पूँछ बनाते।

कमेड़ा[1] घोलकर राम–लक्ष्मण को
कुमकुम तिलक लगाते,
सीता की साड़ी के लिए
नई–नवेली भाभियों से गुहार लगाते।

जंगल में गाय–बछियों को
अपनी रामलीला दिखाते,
और अपने अच्छे अभिनय पर
स्वयं ही ताली बजाते··।

दिन ढल जाने पर भी जब
कभी–कभार घर नहीं पहुँचते थे,
बेंतों से हमारा स्वागत करती
माँ के चरणों में पड़ते थे।

आँखों से टपकते आँसू भी
छुपाने की कोशिश करते,
माँ की शक्तिशाली बेंत को
चुपचाप सहते।

भले ही तब,
माँ की मार भी

1. सफेद मिट्टी

हमें न्यायसंगत लगती थी,
देरी से घर आने की
इतनी सजा तो बनती थी।

लेकिन,

जो असीम आनंद जंगल में
रामराज्य स्थापित करने में आया था,
जिसके लिए माँ ने डंडा भी बरसाया था।
बेंत की पीड़ा से अधिक उसमें
आनंद ढेर सारा था,
उसके लिए माँ की मार को भी
मैंने सहज स्वीकारा था।

28.7.2020

□

फूल संग्राद

चैत के महीने की फूल संग्राद[1] से
तब नए वर्ष का स्वागत करते थे,
चारों ओर खिलते फूलों को
हम अपनी टोकरियों में भरते थे।

लाल मिट्टी से लिपी रिंगाल[2] की टोकरी
जिस पर कमेड़ा[3] के सफेद छींटे होते थे,
लाल जमीन पर सजे सितारों सी
सजीली 'टोकरी' को शुभकर करते थे।

जितने बच्चे, उतनी ही टोकरी
हर घर में हुआ करती थी,
संग्राद से कुछ दिन पूर्व ही
माँ टोकरी को सजाया करती थी।

साँझ को ही तोड़ लाते थे हम सब
आड़ू, पोलम, म्योलू, फ्योंली के
सफेद, गुलाबी, पीले फूलों को।

---

1. फूल संक्रांति
2. बारीक बाँस, जिसकी कलम बनाई जाती है
3. सफेद चिकनी मिट्टी

फूलों से लकदक डाल में
डाल आते थे, फल्यारों के
झूलों को।

अगली सुबह सूर्य के उगने से पहले
हर देहरी को हम फूलों से सजा देते थे,
'फुल-फुल माई, छम्मा देई छम्मा देई, भर भरकर
ते देई माई से बारंबार नमस्कार'
कहकर दुआएँ देते थे।

पहली देहरी भूम्याल[1] की सजाते
उफरेंई[2] में जाकर गीत लगाते,
लाटू, भैरव फिर महादेव की देहर में
रंग-बिरंगे फूल भर आते।

कहीं-कहीं जब शरारतों की सूझती
तो ज्यादा चावल और दाल के लिए
हम स्वाँग भी रचते।

'माई भर-भर दे दाल चौं
तब तक हम सभी कखी न जौं'
कहकर द्वार पर अड़ जाते थे।

वो दिन सिर्फ हम बच्चों का
हुआ करता था,

---

1. भूमि देवता
2. देवी का मंदिर

इसलिए उस दिन किसी की भी
डाँट का डर नहीं रहता था।
पूरे गाँव को फूलों की
खुशबू देकर जब अपने घर को लौटते,
सब पंचायती चौक में
अपने-अपने थैलों को तोलते।

वहीं दाल-चावल के थैलों को
जमा कर आते थे,
एक माह बाद अंयार पुजै[1] के दिन
वन देवी को भोग लगाते थे!

और साँझ होते ही दौड़ पड़ते थे खेतों में
जहाँ म्योलू के पेड़ पर झूला लगा आए थे,
झूलों पर झूलते-झूलते हम झड़ते फूलों का
खूब आनंद उठाते थे।

29.7.2020

□

1. वृक्ष पूजन

भेली की चाय

आधी काली, आधी सफेद केतली
जिस पर माँ उम्मीदों की चाय उबालती थी,
आदर-सत्कार का प्रतीक वह केतली
दिन भर आनेवालों को चाय पिलाती थी।

कड़क पत्ती और दूध में गाढ़ी चाय को
हम 'भेली' की डली के साथ पिया करते थे,
सान्दण[1] के बक्से में छुपाई हुई भेली
हम कभी छुपते-छुपाते भी खाते थे।

सुबह हो या साँझ
इन सुड़कती चुस्कियों में
जीवन का अमृत पाते थे।
और माँ तो,
    जेठ-आषाढ़ की तपती दुपहरी में भी
    खेत, जंगलों से लौटकर
    पहले एक गिलास चाय पीती थी,
    दिन भर की थकान इसी चाय से दूर होती थी।

---

1. काष्ठ

दिन भर चूल्हे पर उबलती केतली,
आते-जाते बड़े-बुजुर्गों की आस होती थी
एक घूँट 'चाय' हर घर की
आन-बान-शान होती थी।

'आओ बैठो, चाय पियो'
दिलों को जोड़े रखने का मंत्र था,
गरीबी का इससे दूर-दूर तक वास्ता नहीं
यह घर-घर का 'श्रीयंत्र' था।

माँ चूल्हे में फूँक मारकर
धुएँ में आँखें मींदकर कहती
'यह केवल चाय नहीं, यह जरिया भी है
दो-चार बातों के ठौर का
दुःख-सुख बाँटनेवाली बैठकों के दौर का।
सच कहूँ तो—
मन के मेल का,
गाँव में बुजुर्गों के ताश के खेल का
खेत में थकान मिटाने का
हँसने का, हँसाने का
अपनों के संग-मिल बैठकर
दो पल बिताने का…।'

30.7.2020

□

बचपन के वे दिन

जितना अभाव जीवन में संसाधनों का था
उसके कई गुना अधिक हमारी खुशियाँ थीं,
दिन भर मौज-मस्ती और खेलने की
तरह-तरह की हमारी युक्तियाँ थीं।

छुट्टी के दिन
जंगलों में ही गुल्ली-डंडा
और बाघ-बकरी खेलते थे।

सटीक निशाने पर गुल्ली नचाना
और बाघ से बकरी बचाने के
तरीके सीखते थे।

पेड़ों पर झूला डालकर
लंबी-लंबी हिलोरों में
जिंदगी के मजे लेते थे,
न चिंता, न दबाव, न गरीबी
सभी को अपने खेलों से दूर रखते थे।

धूल-मिट्टी से सने हाथों से
अकसर गुड़-रोटी खा लेते थे,

जंगलों, खेतों में घास और पत्तों से ही
हम हाथ साफ कर आते थे।

तब न बीमारी का कोई डर था
न ही मिट्टी में कोई गंदगी थी,
हँसते-खिलखिलाते बचपन में
खुश रहती हमारी जिंदगी थी।

31.7.2020

□

पत्थर तोड़ती माँ!

माँ एक दिन आँगन के कोने पर
पत्थरों को तोड़-तोड़
रोड़ियाँ बना रही थीं,
बड़े से सफेद पत्थर पर निरंतर
हथौड़ी चला रही थी।

कट-कट की आवाज सुन
मैं माँ के पास पहुँचा,
अब इस काम की क्या जरूरत है
मन-ही-मन मैंने सोचा।

अपने मन में उत्पन्न शंका को
निशंक करने मैं माँ के पास गया,
माँ ने काम करने की
एक नई परिभाषा को मेरे मन में भर दिया।
कहने लगी कि,

> कोई काम सिर्फ उसके स्वरूप से
> नहीं छोटा-बड़ा होता है,
> समय की जरूरत से हर कार्य का
> महत्त्व खड़ा होता है।

आज और अभी हमें जिसकी आवश्यकता है,
सोचें, उस हेतु क्या कार्य जरूरी है ?
फिर अपनी सामर्थ्यानुसार उसको
अंजाम देने की आवश्यकता पूरी है।

दार्शनिक के रूप में माँ ने
जो भी कहा वह कानों से फिसल गया,
तब तेजी से वो मेरे सिर के
ऊपर-ही-ऊपर निकल गया।

लेकिन कुछ दिनों बाद
माँ के द्वारा पत्थर तोड़ने
की वजह पता चली थी।

दीदी की शादी तय हुई थी
उसी के इंतजाम में माँ लगी थी,
विदा कर सकेगी अपनी बेटी को
इसी के लिए धन जुटाने में खपी थी।

पत्थर तोड़कर, घास बेचकर
दूध-घी बेचकर और कुछ कर्ज लेकर
माँ हमारी जरूरतों को पूरा करती थी,
मेहनत की हथौड़ी से, बड़ी बहादुरी से,
संकटों को पीट-पीटकर
चूर करती थी।

और हम सबके जीवन में,
अपने प्यार और जीवटता के
नए-नए रंग भरती थी।

01.8.2020

□

राखी का त्योहार

उस दिन कंधे पर झोला लटकाए
पंडितजी गाँव-गाँव जाते थे,
रक्षाबंधन के पर्व का शगुन
घर-घर दे आते थे।

कलाई पर कलावा बाँधकर
रक्षा सूत्र दे जाते,
सुख-समृद्धि की कामना कर
रक्षा का मंत्र भी बताते।

माँ पहला रक्षासूत्र भगवान् को बाँधती
फिर चौतरफा खुशहाली की कामना करती,
मैं भी माँ के पास जाकर शीश नवाता
माँ की प्रार्थनाओं को हृदय में उतारता।

माँ कहती!
    हे पितृ देव, देवादि देव
    भूमि भूम्याल[1], हे ग्राम देव

---

1. भूमि देवता

रक्षा करना संसार की,
हर प्राणी के भंडार की
डाँडी-काँठी की, वृक्ष-लता की
और बारिश की बौछार की।

वन के प्राणी खुशहाल रहें
जलचर, थलचर खूब फलें,
नभ विचरण करते पक्षी सारे
अपनी दुनिया में मस्त रहें।

जंगल, खेत, गौशाला में
कृपादृष्टि रखना भगवन,
मेरे गाँव में संपन्नता हो
खूब फले अन्न और धन।
आपस में सब सौहार्द रहे
कोई दुःख-विपदा कभी न पड़े,
करना रक्षा उन फौजियों की
जो सीमा पर हैं तैनात खड़े।

माँ ईश्वर से सबकी
रक्षा का संकल्प दिलाती,
माखन और मिश्री का प्रेम-भाव से
अपने आराध्य को भोग लगाती।

मैं,
मुट्ठी में भरकर खूब सारी

रक्षासूत्र लेता था,
और सबसे पहले माँ के हाथ में
इस कलावे को बाँधता था।

माँ रक्षासूत्र को भी भगवान् को ही
बाँध देती थी,
और तब मेरी राखी माँ की
कलाई पर सज जाती थी।

माँ!
'चल पगले क्या कर रहा है तू'
कहकर मुझे दुलारती!
और तब मैं कहता कि 'मेरा भगवान् तो
धरती पर तू ही है
जिसकी करता मैं आरती।'

'तू ही तो हर पल रक्षा करती है न?'
यह सुन माँ तुरंत हाथ आगे बढ़ाती,
और कलावे के रूप में मेरी सुरक्षा
मेरी माँ के हाथों में सज जाती।

03.8.2020

□

माँ कहती थी…

माँ कहती थी रोज सूर्य से
पहले तुमको जगना है,
प्रात:वंदन कर धरती का
तब पाँव धरा पर रखना है।

ठंडे पानी की बौछारें
चेहरे पर बरसानी हैं,
स्वत: स्फूर्त तुम्हें स्वयं से
नई ऊर्जा पानी है।

शीश झुकाकर ईश नवाना
नेक विचार को पाना है,
अपनी शोभित आभा से
इस मिट्टी को चमकाना है।

दीन, पथिक, असहाय जनों की
सेवा मन से करनी है,
बेजुबान पशु–पक्षी के भी
मन की बात समझनी है।

निर्बल का बल बनकर तुम
पौरुष का नित मान करो,
वृद्ध, नारी और सभी बड़ों का
प्रतिक्षण तुम सम्मान करो।

जिस सुंदर प्रकृति में जनमे
जिस धरती पर पले-बढ़े,
ध्यान रहे इनके पूजन से ही
पग आगे की ओर बढ़े।

इन हाथों से जितना भी हो
अन्न-धन का दान करो
घोर हताशा में टूटा जो
उसको धैर्य प्रदान करो।

कर्म के रथ पर आरूढ़ रहो
एकाग्र भाव में प्रत्यंचा हो,
लक्ष्य भेदने तक न तुम्हारी
राह में कोई शंका हो।

जितना हो जिस क्षण तक भी हो
इस देह का तुम सदुपयोग करो,
इसके रुकने तक जीवन की
चुनौतियों को पूर्ण करो।

जिस हेतु धरा पर आए हो
उद्देश्य ढूँढ़कर जुट जाओ,

मेहनत, आशा और लगन से
लक्ष्य, शिखर पर चढ़ जाओ…।

कोई बाधा कभी तुम्हारा
मार्ग रोक न पाएगी!
सच मानो, कल सारी दुनिया
गीत तुम्हारे गाएगी।

04.8.2020

□

माँ के राम...

कभी चूल्हे पर तो कभी खेतों में
और कभी जंगलों की घनी छाँवों में
माँ रामायण के प्रसंग सुनाती थी,
राम-लखन और जानकी का
जीवनदर्शन बताती थी।

वो बार-बार भगवान् कहकर
राम का नाम लेती,
राम पर आई विपदाओं की
विस्तृत जानकारी देती।

मेरे विचारों का प्रवाह अकसर
रुक जाता था,
जब भगवान् राम के संघर्षों और
कष्टों को अपार
उनके जीवन में पाता था।

क्यों राम ने अपनी शक्ति से
सब क्षण भर में ठीक नहीं किया?

क्यों ईश्वर होकर भी उन्होंने
धरती पर हर दुःख-दर्द जिया?

मेरी झुँझलाहट माँ समझ जाती,
और एक-एक कर राम का आदर्श बताती।

माँ ने कहा,
कि नर रूप में आकर राम ने
एक संस्कृति और सभ्यता बनाई,
मानव को धरती पर जीने की
आदर्श बातें सिखाई।

'राम ने त्याग की भावना को
सर्वश्रेष्ठ बताया है,
भले ही इस त्याग ने उन्हें
सदा ही सताया है।'

किंतु इस संघर्ष में उन्होंने
विश्व-कल्याण का पथ नहीं छोड़ा,
रीति, नीति, धर्म और कर्तव्य के खातिर
राजगद्दी तक से भी मुँह मोड़ा।

पिता के वचनों के लिए
जो सहर्ष वन को प्रस्थान कर गए,
साधारण रूप में राम
असाधारण काम कर गए।

यदि राम के जीवन में
त्याग नहीं होता,
तो दीन-हीन असहायों के हृदय में
राम का राज नहीं होता।

वंचितों को अपनाकार राम ने
जीवन का अर्थ समझाया है,
छोटी-छोटी शक्तियों से मिलाकर
महाशक्ति को हराया है।

राम मर्यादा की परिधि में रहकर
मर्यादा पुरुषोत्तम कहलाए,
आदर्श बनकर हर व्यक्ति के
मन-मस्तिष्क में छाए।'

माँ कितना कुछ जानती थी,
बिना स्कूल गए···
सारे ग्रंथों का सार बाँचती थी।
रोचक कहानियों के जरिए!
उस सार को हम सब में रोपित करती थी,
जीवन की प्रथम गुरु के किरदार का
निर्वहन पूरे मनोयोग से करती थी।

मैं माँ को सुनते-सुनते
रामलीला की चौपाइयाँ गुनगुनाता था,
घास की गठरी बाँधते हुए
कभी-कभी माँ को भी सुनाता था।

05.8.2020

□

धान माँडते हुए चाँद की सीख

माँ!

याद है जब धान की मँडाई तुम
चाँद की रोशनी में करती थी,
और मैं बेमन उठकर तुम्हारे पीछे चलता
तब मेरी आँखों में नींद भरी रहती थी।

किंतु तुम्हारा कड़क अलार्म
हमें सोने कहाँ देता था?
चाहकर भी मैं फिर
सो नहीं पाता था…।

चाँद की रोशनी में कभी-कभी
मैं खुद के साए से डर जाता था,
बादलों की ओट में चाँद के छुपते ही
घुप्प अँधेरा हो जाता था…।

चाँद और चाँदनी पर तुमने
दो बातें मुझको समझा ली थीं,
माँ तुम्हारी पाठशाला भी
कितनी अनोखी और निराली थी।

तुम कहती थी,
'चाँद, सूर्य से प्रकाश लेकर
रात भर चमकता है,
सीखो उससे, उधारी की चमक से भी
वह सबको रोशन करता है।'

माँ!
तुमने चाँद घटने-बढ़ने में भी
जीवन के उतार-चढ़ावों को समझाया,
पूनम और अमावस की उपमा में
जिंदगी का सुख-दुःख बताया।

तिरपाल में टिकाई बाँस की छड़ी पर हाथ टिकाए
पैरों से धान को माँडते हुए,
तुम बहुत सी बातें कहती थी
तुम्हारी जिह्वा से धार अमृत की बहती थी।

माँ तुम्हारी ज्ञान की पोटली में
न जाने कितनी संपदा रहती थी,
जिसे समय-समय पर तुम
हम सब पर लुटाती थी!
अपनी चलती-फिरती पाठशाला में
हमारी हाजिरी लगाती थी।
सच कहूँ माँ! तब तुम,
हमें 'गुरुजी' ही
नजर आती थी।

06.8.2020

□

माँ के हाथों का स्वाद

माँ! चूल्हे के दोनों हिस्सों में
थड़कते[1] भात और पकते झंगोरे[2] की महक
हमारी भूख को कुलबुला देती थी।

लाल चावल के भात की
भीनी-भीनी सी खुशबू पूरे वातावरण में फैलती थी,
माँ चावल से माँड निकालकर
काँसे की थाली में छुटकी को परोसती थी।

छाछ में झंगोरे का लाजवाब 'छन्च्या[3]'
ऊपरी चूल्हे पर लोहे की कड़ाही में
खूब देर तक पकता था,
भात और झोली से सजा हमारा चूल्हा
तब किसी भंडारे से कम नहीं लगता था।

भोजन की भूख असल में
तब बहुत लगती थी,
जब रसोई में हम सबकी
काँसे की थाली सजती थी।

---

1. उबलते हुए
2. बाजरे की तरह का अनाज
3. झंगोरे और छाँछ से बना व्यंजन

तब चंद पलों में डेगची
तले पर चली जाती,
और माँ हमसे छुपाने के लिए
तुरंत उसे ढक्कन से ढक लेती।

माँ, तेरे हाथों में एक अनोखा स्वाद था
तुझे शायद अन्नपूर्णा का वरदान था,
हम उँगलियाँ चाट-चाट साफ करते थे थाली
और भरपूर तृप्ति का वो असीम आनंद था।

माँ तब बासी खाकर भी
हम कभी बीमार नहीं पड़े,
बल्कि बासी के लिए ही तो
ज्यादा होते थे हमारे झगड़े।

छीना-झपटी में मिले निवाले का आनंद
आज भी मुझे आह्लादित करता है,
आलू की थिंचोड़ी[1], झंगोरे की छंडेड़ी[2] का स्वाद
आज भी जिह्वा अठखेलियाँ भरता है!

माँ!
अब सामने होते हैं व्यंजन-ही-व्यंजन,
लेकिन,
नहीं होता उनमें तेरे हाथों का स्वाद
जो देता था हम सबको असीम तृप्ति।

07.08.2020

□

---

1. आलू को कूटकर बनाया गया साग
2. छाँछ से बना व्यंजन

साकार हेतु आकार दे

मैं उस दिन माँ के पास
कुंद होकर बैठ गया,
आँखों में डबडबाते, पानी को पोंछ
माँ के सीने से लिपट गया।

गरीबी का दंश अकसर
तानों की पीड़ा भी देता था,
नासमझ था इसलिए
कई बार माँ से शिकायत करता था।

माँ मेरे मन के गुबार को बहने देती
मैं सुबकता रहता, माँ मुझे
सीने से चिपके रहने देती थी।

थोड़ी देर में सन्नाटे को तोड़
माँ मुझे भीतर ले जाती,
चूल्हे के पास बिठाकर मुझे
जिंदगी के रंग समझाती।
माँ कहती,

कोई क्या और क्यों कर रहा
इस बात पर ध्यान न जाने दो,
जिस बात से पीड़ा पहुँचे मन को
उसे मन तक न आने दो।

ये दुनिया है रमेश
यहाँ कुछ लोग सिर्फ कहते मिलेंगे,
तुम्हारी गरीबी पर हँसेंगे या फिर
चुभन भरे शब्दों के प्रहार करेंगे।

जिनके जीवन का कोई लक्ष्य नहीं
वे तुम्हें लक्ष्य-पथ से भटकाएँगे,
जिस राह से चलोगे तुम
ये कुछ लोग वहाँ काँटे बिछाएँगे।

किंतु,
यह तुम्हें तय करना है
कि बातों में समय गँवाना है
या लक्ष्य के लिए उड़ान भरनी है
या फिर उन लोगों की बातों में आना है।

जो मन को पीड़ा से भर दे
उसे दूर से ही नकार दे,
अपने मन में आए विचार को
साकार करने हेतु आकार दे।

निर्भीक, निडर, निशंक बन
अपने पथ को प्रसार दे,
गुण–अवगुण का भेद कर
निज व्यक्तित्व निखार दे।

08.8.2020
□

माँ तुम कहाँ हो ?

माँ!

खेतों में उड़ाते
कागज के जहाज पर
तुमने मुझे कितनी डाँट लगाई थी।

खूब झिंझोड़ा था मुझे
शायद तुम्हें सूबेदारजी ने
ताने सुनाए थे।

तुमने मेरा हाथ खींचकर
क्रोध में
मेरे कागज के जहाज को
ख्याली पुलाव कहा था।

मैं नजरें झुकाए खामोश था तब
क्योंकि मैं जानता था कि
तुमने तानों का दंश सहा था।
माँ उस दिन तुमने
असली के जहाज उड़ाने की

मुझे उलाहना दी थी,
निपट नाकारेपन की यातना दी थी।

किंतु,
जिस दिन असली के जहाज से
मैं उसी खेत था उतरा,
माँ! अपनी सजल आँखों से
भीड़ में ढूँढ़ा था तेरा चेहरा।

माँ!
उस रोज भी भीड़ बहुत थी
गाँव वही था, जमीन वही थी,
जहाज कागज का नहीं था माँ!
तेरी डाँट-डपट से निकलती दुआ थी।

उस भीड़ में मेरी निगाहें
तुझे देखना चाहती थी,
बस माँ! एक तू ही वहाँ नहीं थी।

किंतु,
मेरी आँखों से झरते मोती ने
बताया कि तुम मुझे देख रही हो,
तुम्हारे लिए व्याकुल मन ने कहा
कि तुम मेरे आसपास यहीं हो¨।

10.8.2020

□

जीवन के रंग कान्हा संग

जन्माष्टमी के एक रोज पहले
'दणेण[1]' मनाया जाता था,
दिशा धियाणियों[2] के आने की खुशी में
हलवा बनाया जाता था।

जेठ, आषाढ़, सौण[3] के अथक काम के बाद
बहू-बेटियों को भादों का इंतजार रहता था,
कृष्णाष्टमी पर लगनेवाले मेले का
हर एक मन को उलार रहता था।

मुझे भी बेसब्री से इस त्योहार की
बेकरारी रहती थी,
कभी-कभी बनते हलवे की खुशबू
पूरे घर को महकाती थी।

माँ!
ये अष्टमी क्या है?
एक बार मैंने माँ से पूछा
कृष्ण की कहानी सुनाते हुए
माँ ने दीदी को हलवा परोसा।

---

1. जन्माष्टमी और शिवरात्रि व्रत की पूर्व संध्या
2. गाँव की विवाहिता बेटियाँ
3. श्रावण मास

दीदी जो शायद किसी बात से
उस दिन बहुत दुःखी थी,
माँ ने कृष्ण का दिया उदाहरण
बोली—सोच जरा
उस कान्हा पर क्या बीती थी।

कहते हैं कि विष्णुजी के ही
कृष्णजी अवतार हैं,
पर देवता होकर उनके जीवन में भी
कष्टों के अंबार हैं।

सुन!
कैसा जीवन रहा होगा वह
जिसके जन्म से पूर्व ही
मृत्यु की साजिशें होने लगीं···
उस देवता को जन्म लेने के लिए तो
कारागार की काल-कोठरी मिली।

जन्म लेते ही जिस पर
षड्यंत्रों के प्रहार होने लगे,
जिसको मिटाने के लिए
रिश्ते भी तार-तार होने लगे।

क्या सोचता होगा वह अबोध हृदय
जिसको माँ-बाप का बिछोह मिला,
जिसने पाला-पोसा, जीवन सँवारा
यौवन में उन पालनहार का वियोग मिला।

उठता-गिरता-लड़खड़ाता कान्हा
उन चुनौतियों में भी
सदा मुसकराता ही रहा
अपने संग सभी को नचाता रहा।

उसकी मुरली की धुन में
जीवन को जी लेने का संगीत है,
दीन, हीन, दुःखी, दरिद्रों का तो
वो कन्हैया मनमीत है।

उसने हमें और तुम्हें
जीवन को जीने का ढंग सिखाया,
ईश्वर होने के बावजूद
मानव रूप में अनूठा रंग सजाया।

जो कष्टों से घिरकर भी मुसकराता है
वही तो 'कृष्ण' कहलाता है,
जो कृष्ण होने पर भी
मध्यरात्रि को प्रकाशित कर देता है।
वही 'कृष्ण' कहलाता है।

इसलिए,

संकटों और विपदाओं से
जब भगवान् भी अछूत नहीं रहे,
उन्होंने धरती के हर कष्ट
सारे दुःख और दर्द सहे।

तो तुम-हम तो हैं ही मानव
चाहें तो कृष्ण की गीता सुनें,

या फिर चुनौतियों के पुलों को जोड़
जीवन की नई राह चुनें।

मैं, जो अकसर चूल्हे की ताप से
ऊँघने लगता था,
आज माँ की बात सुन उसके ज्ञान के आगे
नतमस्तक था।

दिन भर खेतों में
जंगलों में
गाय-बछियों के संग में
कहाँ से लाती थी माँ यह जीवन दर्शन।

माँ,
    प्रकृति के अध्याय पढ़ते-पढ़ते
    जिंदगी के अनुभवों को
    गढ़ते-गढ़ते
    खुद एक ग्रंथ बन गई थी।

11.8.2020

□

दुलहन का धारा पूजन

गाँव में आई नई
दुलहन जब अगली सुबह
गाँव के धारे में
सजी-सँवरी जाती थी,
मेरे मन की जिज्ञासा मुझे अनायास ही
माँ के पास खींच लाती थी।

माँ!
        मल्ले खोले की सोबनू भैजी की ब्यौली[1]
        आज सुबह-सुबह पंदेरा पहुँची थी,
        धूप, अगरबत्ती और पिठाई से
        उन्होंने धारे की पूजा की थी।
माँ!
        हम भी रोज धारा पूजने जाएँगे
        पूजा करने के बाद ही पानी भरकर लाएँगे!
        मेरी नादान सी जिज्ञासा को सुनकर
माँ बोली,
'नई-नवेली दुलहन सबसे पहले धारा पूजे
ये हमारी परंपरा है निराली
जल-देवता के आशीर्वाद से ही
पनपती है समृद्ध भोजन की थाली।'

---

1. ऊपर के मोहल्ले के सोबन भाई की दुलहन

वो थाली, जिसमें संपन्नता हो
जिसका अतुल्य भंडार हो,
जिसमें आरोग्यता साकार हो
सुख–समृद्धि की भरमार हो··· ।

क्योंकि,
जल ही सृष्टि के चराचर जीवों की
पालन का सार है,
उसके चक्र की धुरी में ही घूमता
ये सारा संसार है।
जल ही जीवन का आधार है,
बिना जल के जीवन की
कल्पना निराधार है।

इसलिए,
पहला आशीष दुलहन 'जल–देव' से लेती है
अपने खुशहाल जीवन की कामना करती है,
भरे रहें वर्ष भर ये स्रोत सभी के लिए
यही कामना वो धरती से करती है।

और भर लाती है खुशियों की गागर भरकर अपने घर
बाँटती है उसकी अमृतमयी बूँदों को
छिड़कती है हर कोने पर उन पवित्र जलकणों को
ताकि प्रकृति के आशीर्वाद से
उसके जीवन की बगिया हमेशा महकती रहे।

□

छुट्टी का दिन और मेरा जंगल

कभी घास की गठरी तले
कभी गोबर की कंडी लिये
लकड़ी का गट्ठर पीठ पर लादे
मेरा बचपन गाँव की सँकरी पगडंडियों
में ही गुजरता था।

गाय-बछियों को चराने
मैं मडुवे की रोटी
और हाथ में कलम-किताब लिये निकलता था।

हर रविवार की मुझे उत्सुकता से प्रतीक्षा रहती,
जब माँ मुझे गाय-बछिया
जंगल ले जाने को कहती।

मैं मन-ही-मन झूम उठता था
अपने साथ 'कॉपी और कलम' को लिए
मैं सरपट जंगल पहुँचता था।

गाँव के ऊपर घने बांज और बुरांश के
जंगलों में गाय-बछियों की मौज होती,

स्वच्छंद विचरण करते इन बेजुबानों की
ये दुनिया भी बड़ी विचित्र होती।

और मैं···
टिका देता स्वयं को उस बड़े से पत्थर की ओट में
और उकेरता रहता कागज पर सुकून के क्षणों को
प्रकृति के गुणों को
और सजाता गुनगुनाते पवन के सुरों को···
ढूँढ़ लाता था सन्नाटे से जीवन के मोतियों को!

घने जंगल की इस एकांतता में
मुझे पक्षियों का कलरव
और पास बहते पानी की कलकल
प्रकृति के निकट ले आती थी,
और जीवन के बारे में बहुत कुछ बताती थी।

मंडुवे[1] की रोटी में गुड़ की मिठास के बाद
'छोया[2]', स्रोतों के पानी से प्यास बुझाता था,
शीतल पवन में प्रकृति का अहसास पाने
मैं अपनी हर छुट्टी जंगल में ही बिताता था।

आज भी तरसता है मेरा मन
इसी पल को फिर से पाने को,
कोलाहल के हलाहल से दूर
प्रकृति की शांत गोद में जाने को।

□

---

1. पहाड़ की बारीक अनाज (रागी)
2. बरसात में चट्टानों और पत्थरों के बीच उद्गमित जलस्रोत

माँ की डर के बीच कालू और मैं

बचपन के कुछ शौक
जो माँ से छिपाए रखता था,
एक 'पिल्ले' के लिए उमड़ता प्यार भी
माँ की नजरों से दूर ही करता था।

दोस्तों से सलाह कर एक रोज
कहीं से काला, बेहद प्यारा पिल्ला उठा लाया,
माँ को पसंद नहीं था पिल्ले पालना
इसलिए घर के पिछवाड़े मैंने उसका ठौर बनाया।

दमदेवल की दुकान से एक पेटी लाया
चारों ओर छेद करके उसे 'कालू' के लिए घर बनाया,
कहीं माँ की पैनी नजरें भेद न दें पेटी का राज
इसलिए उसकी छत में घास, लकड़ी का चट्टा लगाया।

सुबह अँधेरे में ही किसी बहाने से उठकर मैं
'कालू' का हाल जान लेता था,
उसे बाहर की सैर करा
फिर घरौंदे में बाँध देता था।

अपने हिस्से की दूध-रोटी
भिगो-भिगोकर 'कालू' के लिए लाता,
उसे चटपट सपड़-सपड़ खाता देख
मुझे भी खूब आनंद आता।

धीरे-धीरे 'कालू' की शरारतें बढ़ने लगीं,
उसकी भौंकने-गुर्राने की आवाजें
माँ के कानों में पड़ने लगीं।
एक सुबह माँ बस यूँ ही
घर के पिछवाड़े का चक्कर लगा आई,
'कालू' की मौजूदगी ने मुझे
माँ की खूब गालियाँ खिलाईं।

जिस बात का डर सताता था
आखिरकार वही बात हो गई,
'कालू' के कारण उस दिन
लाठी की बरसात हो गई।

माँ की हिदायतों की पोटली काँधे पर लटका
मैं 'कालू' का नया ठौर ढूँढ़ने लगा,
घर से दूर किंतु अपने बहुत नजदीक
उसका नया घर खोजने लगा।

एक टूटी सी मकान की हाटी
अब कालू का नया घर थी,
उसे वहाँ छोड़ते हुए मेरी और
कालू दोनों की आँखें तर थीं।

दोस्तों के साथ बारी लगाकर
हम 'कालू' की देखभाल करते,
गोदी में बिठा उसके नन्हें हाथों से खेलते
कभी सीने से चिपका, उस पर हाथ फेरते।

अब न माँ की डाँट का डर रहता
न ही पल-पल मन बेचैन रहता,
काम और खेल के बहाने
मैं रोज कालू से खूब मिलता।

लुटाता उस पर बेहद प्रेम
और लेता उसके निस्स्वार्थ और
निश्छल अपनेपन के अहसास को,
जिसने मजबूत किया था
हमारे विश्वास को।

आज भी बहुत याद आता है
मेरा दोस्त, मेरा कालू!
पर क्या करूँ,
अब जब माँ ही नहीं है,
तो किसी कालू को क्या पालूँ?

□

अच्छे विचारों की खेती

मुझे याद हैं बचपन की बातें
जब माँ से मैं अनायास कुछ पूछ लेता था,
माँ ये ऐसा क्यों, वो क्या और किसलिए
न–जाने क्या–क्या प्रश्न किया करता था।

एक रोज माँ हरे–भरे खेतों में
धान की गुड़ाई कर रही थी,
कुछ पौधों को तो सहेज रही थी
और कुछ को उखाड़ फेंक रही थी।

मैंने कोतूहलवश पूछ लिया
जब उखाड़ना ही था तो बोया क्यों?
माँ बोली, यह धान नहीं घास है!
मैं फिर पूछ बैठा,
तो इसे धान संग बोया क्यों?

माँ ने कुदाली वहीं छोड़
मुझे अपने पास बुलाया,
मेरी जिद को जानती थी माँ
इसलिए विस्तार से समझाया।

सुन!

खरपतवार कभी बोया नहीं जाता
ये बिन बोए ही स्वयं उग जाता
खाली धरती यदि यूँ ही छूट जाए,
तो देखते-ही-देखते वह
झाड़-झंखाड़ से भर जाए।

इसलिए,

धरती में बीजों का रोपन करना होता है
खाद-पानी देकर अन्न उगाना होता है,
फिर नन्हे पौधों को दुश्मनों से बचाना होता है।
अपने बच्चों की तरह इन्हें भी सँवारना होता है।

फिर ये बड़े होकर, पककर
हमें अन्न देंगे!
स्वस्थ शरीर और उर्वरित
मन देंगे!

माँ कह रही थी प्यार से कि
हमारा जीवन भी कुछ ऐसा ही है रे!
खाली धरती हमारा जीवन सा
मन में पनपते विचार उपज जैसा ही है रे!

हमारे जीवन में देखभाल करके
अच्छे-अच्छे विचार न रोपे जाएँ
तो बुराई की खरपतवार बिन बोए उग जाएगी!
सद्विचारों को सहेजा-सँवारा न गया तो
बुरे विचारों की झंखाड़
जीवन में फैल जाएगी।

इसलिए,

जीवन को अच्छाइयों से सजाते रहना
मेरी बातों को जीवन में उतारते रहना
प्रकृति को रोज मिलकर
उसके अनुभवों को खूब पाना
दुनिया में खूब सरसाना…।

मेरी इस सीख को हमेशा याद रखना,
अच्छाइयों की फसल से
जीवन की खेती आबाद रखना।
प्रकृति और पर्यावरण को सँवारना,
उसके रहस्यों को
अपने जीवन में उतारना।

□□□